Wilhelm Lehmann: Michael Lippstock. Novelle (1915)

# Michael Lippstock

Novelle (1915)

von

Wilhelm Lehmann

Herausgegeben und mit einem Nachwort
versehen von David Scrase

Akademischer Verlag Stuttgart 1979

STUTTGARTER NACHDRUCKE ZUR LITERATUR DES 19. UND 20. JAHRHUNDERTS
herausgegeben von
Hans-Dieter Mück

**Band 2**



Verlag Hans-Dieter Heinz, Stuttgart 1979
Druck: Sprint-Druck GmbH, Stuttgart 30
ISBN 3-88099-601-6
Printed in Germany

## INHALTSVERZEICHNIS


| | Seite |
|---|---|
| Nachdruck der Novelle 'Michael Lippstock' | 7 – 50 |
| Nachwort | 51 – 62 |
| Anhang: Faksimile der E.R. Weiß-Marginalien | 63 |

# WILHELM LEHMANN:

# MICHAEL LIPPSTOCK. NOVELLE (1915)

# Michael Lippstock

## Novelle von Wilhelm Lehmann

Sie lief den ganzen Umkreis alles dessen, was ihr in den Sinn kam, ab, jagte den ganzen Horizont hinunter, der sich wellig hinlagerte und in sich selbst zurücklief, in sich selbst verstummend. Ihr Gesicht erzitterte in einem Krampf. „Was ist bloß los? Das sieht ja aus, als wenn den Sachen der Hinterleib zusammenbrechen will wie dem Schakal, der im Käfig auf- und abrennt!“ Ein kleines gurgelndes Wasser tappte durch den Grund an der rechten Seite des Weges. Wiewohl es erst Mitte August war, lag schon Herbst den Bäumen im Kopf. Johanna war auf dem Nachhauseweg vom Seminar. Unerträglich müde war sie. Sie streifte eine Brombeere ab, aß sie, spuckte sie aber gleich wieder aus, denn der letzte Regen hatte sie sauer und wässerig gemacht. In ihren Mund, der sich wie eine kleine, aus roter Seide gesponnene Höhle auftat, flog eine Mücke. Die alte Teichgräber streute Hühnerdung auf ihre Wiese, die sich noch kaum von der zweiten Mahd erholt hatte. Und Hedwig Kayser war schwanger. Man sah es, als sie sich hob, um die herausgescharrten Kartoffeln in den Sack zu tun. Und plötzlich dachte Johanna, ob das Weltgeschäft eines Tages auch sie hernehmen würde. Heute war ja alles umsonst. Heute durfte sie auch das denken. Doch auch dies lag so lächerlich fern wie alles andere. Das Nachmittagslicht stieg in hellen Treppenstufen durch die Fichtenzweige. „Horch, die Eichhörnchen weinen ja! Alles, alles ist verloren,“ rief sie und eilte das letzte Stück Pappelallee ins Haus.

Johanna war die einundzwanzigjährige Tochter des Diakonus Virgil Rothmond. Das Diakonusanwesen war ein altes, aus Ziegelsteinen erbautes Bauernhaus mit Schindeldach. „Nein, Herr Präsident, mein Haus genügt nicht modernen Ansprüchen; das hat keinen Mietwert von zweitausend Mark,“ hatte der alte Virgil aufklärend bemerkt, als die übrigen Pastoren beim Konsistorium wegen Erhöhung des Wohnungsgeldes vorstellig geworden waren, keineswegs weil er selbst höhere Ansprüche machte; im Gegenteil, er war sehr zufrieden mit seinem Hause.

Von dem Augenblick an, wo Johanna mit lautem „ich“, dessen i sie ganz lang und offen sprach, die Tür aufgeklinkt hatte, um das unnötige Kommen des Mädchens zu verhindern, flickten die Geschäfte, die auf sie warteten, ihren inneren Zerfall hastig zu. Sie mußte heute allein Mittag essen. Das Seminar hatte heute länger gedauert, da waren die anderen schon fertig. Kaum hatte Zissa, das Dienstmädchen, abgetragen, da kam die Stadtmissionarin in ihrem jämmerlichen schwarzen Kleide wegen der Warteschule. Johanna wollte den Vater, der oben sein Arbeitszimmer hatte, nicht stören und redete mit der geschwätzigen Jungfer, bis sie sie, qualvoll erregt, verabschieden konnte. Die kleine, bucklige Zissa fragte mit dünner, piepsiger Stimme Johanna, wie sie die Quitten einmachen und was sie morgen kochen sollte. Dann kam Angele, die Turnlehrerin, ein langes, dunkles Mädchen, das an Johanna wegen einer Liebesgeschichte einen Rückhalt haben wollte. Johanna zeigte ihre Erschlaffung nicht, sondern ließ sich mit dem fremden Geschick erfüllen, sie brauchte hier auch nicht viel selbst zu reden. Endlich konnte sie ihr Haar aus der Stirn streichen und die Rechenmethodik für die Schule weiter durcharbeiten. Sie zwang sich dabei zu Gründlichkeit. Am Freitag sollte sie eine Religionslehrstunde im Beisein des Rektors abhalten über die Heilung der zehn Aussätzigen. Sie las das Lukaskapitel. Ihr graute vor der Behandlung. Sie stützte den Kopf zwischen die Hände und mühte sich, in eine Berührung mit den zehn Aussätzigen zu kommen. Plötzlich hörte sie draußen ein gellendes Trillern in schrillem Diskant; sie flog ans Fenster, machte es auf, bog sich weit hinaus, wobei sie sich heftig den Kopf am Rahmen stieß, und entdeckte noch eben, wie eine längliche Vogelgestalt gleich einer Flasche hoch oben dahinschoß, in höchster Eile. Da bekam Johannas Unsicherheit mit einem Male ein Gesicht: sicher wie Dorothea vor dem Ochsengespann stand sie da: der Specht zog dahin, als trüge er die Bundeslade auf dem Rücken, von Westen nach Osten, den dicken Entenkopf in eine Linie mit dem sonstigen Körper gestreckt, von keinem Irrsal aufgehalten, in seiner Botschaft lodernd und scheu wie ein Kind. Und Johanna setzte sich wieder hin und wagte nicht, sich zu rühren. Dann las sie das Kapitel noch einmal, las auch das, was sie nicht durchnehmen sollte: „Wer da suchet, seine Seele zu erhalten, der wird sie verlieren; und wer sie verlieren wird, der wird ihr zum Leben helfen. Ich sage euch: In derselben Nacht werden zween auf einem Bette liegen; einer wird angenommen, der andere wird verlassen werden. Zwo werden mahlen miteinander; einer wird angenommen, die andere wird verlassen werden. Zween werden auf dem Felde sein, einer wird angenommen, der andere wird verlassen werden. Und sie antworteten und sprachen zu ihm: Herr, wo? Er aber sprach zu ihnen: Wo das Aas ist, da sammeln sich auch die Adler ..." Von dem mit den schwarzen Druckbuchstaben gesprenkelten Papier stand ein heftiger Geruch auf wie von Franzbranntwein. Ihr schwindelte, aber gleich tropfte ihr aus allen Poren eine schwere Freude und im Ohr wankte ihr der dem Streit entronnene Spechtruf von vorhin. Sie öffnete das Fenster und unterschied im quellenden Dunkel noch die Astern und Phloxe, die auf ihren Köpfen die Erinnerung der heutigen Sonne trugen. Sie machte sich keine Gedanken mehr über die Freitagsstunde. Zissa kam und meldete, das Abendessen sei fertig. Und dann stellte sich Johanna ihrem Vater zur Verfügung.

Es war zehn Minuten später als sonst, da sie zu ihm kam, und schon war er in seiner Studierstube hin- und hermarschiert. Sein Zimmer war verräuchert und kahl. Blumen wollte er nur dann haben, wenn er sie bei Johanna gesehen hatte; dann fand er auf einmal, daß er doch zuerst so geehrt werden müsse. Er hütete sich, seine Tochter sein Bedürfnis nach Unterhaltung merken zu lassen, und auf ihre freundlich-geduldige Frage: „Vater, wollen wir eine Partie Salta spielen?" antwortete er mit einer kühlen Gleichgültigkeit, hinter der eine Scham hockte: „Ja, wenn du es durchaus willst, ich will dich nicht hindern." Nicht immer war es Johanna möglich, diese Scham und Scheu aus seinen Worten herauszuspüren; oft schlugen sie sie wie eine rauhe Peitsche. Jeden Tag band sie noch diesen Schlußreifen um das Faß, für ihn mochte es ein goldener Reif sein, für sie eine selbstverständliche Quälerei. Aber es war gut, daß sich ein paar widerstandsfähige Dornen an ihr gebildet hatten und daß sie wie eine treue Waldschnecke den eintönigen Weg mitkroch, den er für sich brauchte. Sie fügte sich auch heute dem Saltaspiel, versuchte an nichts anderes zu denken, bedauerte seinen Schnupfen, machte ihm einen Grog zurecht und ging dann schlafen. Als sie das Dunkel ihres Schlafzimmers betrat, dessen Fenster weit geöffnet standen, dachte sie, es sei mit Schuppen bekleidet wie ein Schellfisch, der verwundet war und Blut verlor.

Michael Lippstock war ein Mann von siebenundzwanzig Jahren. Aber er war nur in den wenigsten Stücken schon so alt. Er war von schmächtigem Körperbau, auch nicht groß. Dafür entschädigte der Kopf, der hager und brausend war. Seine Hände waren lang und empfindlich. Er hatte studiert, sich zum Abschlußexamen aber nicht zurechtgefunden. Die Unruhe, die er brauchte, weil ihr Schlund allein die Gestalten zeugte, um die er warb, hängte sich ihm über jedes nächste Ziel. Es gehörte zu seiner Bestimmung, bei jeder Gelegenheit den großen jedermann sichtbaren Deutlichkeiten und Notwendigkeiten des allgemeinen Lebens zu entgehen, darunter durch oder daran vorbei zu schlüpfen. Das hatte angefangen damit, daß er dem militärischen Dienstjahr ausgewichen war. Nicht daß er sich vor körperlichen Anstrengungen scheute; als Schüler hatte er im Turnen jedenfalls bei bestimmten Einzelleistungen nie eine schlechte Note bekommen. Aber den Gedanken, sich einem fremden, nicht aus ihm selber stammenden Zwang fügen zu müssen, konnte er überhaupt nicht denken, und daher ließ er sich von Jahr zu Jahr von der Behörde bis zur äußersten Grenze zurückstellen, elendete sich dann absichtlich zum letzten Termin ab, hungerte, und wurde von dem gründlichen, aber menschlichen Stabsarzt bei der entscheidenden Musterung dem Landsturm überwiesen. Auch vor dem Staatsexamen machte er halt. Er behauptete, nicht mehr zu können nach seinen rätselhaften, dunkel durchsummten, unbeständigen, nur in Träumereien beständigen Studentenjahren, den unglücklichsten seines Lebens, wie er mit Vorliebe zu sagen pflegte. Nun war er an der Mittelschule des kleinen Orts gelandet, der froh war, neben den zwei Lehrerinnen und dem alten Rektor einen Akademiker zu haben.

Nachdem Michael schon an einigen Winkelschulen Lehrer gewesen war, hatte er nicht vor, sich zu dem Unterricht in Glockenhäubel beträchtliche Ausgaben zu machen. Nicht weil er träge war, er hatte vielmehr meist Glück als Lehrer, sondern weil er mehr und mehr die Erfahrung machte, daß er sich selbst während des Unterrichts zuschnüren müsse, und daß eine Mechanik des maßvoll sicheren Geschehens einzig das den Kindern Nötige und Genehme sei. Aber hier kam es anders als Lippstock gedacht hatte. Der alte Rektor bekam eine Mittelohrentzündung und Michael mußte für geraume Zeit neben dem Unterricht in den mittleren Klassen auch denjenigen in der Seminarklasse übernehmen, in der mit einigen anderen Töchtern ehrgeiziger Bürger auch Johanna Rothmond saß.

Es war im Anfang eher Verlegenheit und Ungewohntheit den Mädchen gegenüber, denen Spott und Ironie nahe lag, was ihn veranlaßte, unter äußerster Selbstbeherrschung die Lehrstunden exakt und voll zu geben. Da hob sich vor seinen Augen mehr und mehr auf unbedeutsamem Hintergrund die eigensinnige und aufrichtige Erscheinung Johannas ab. Michael besaß nicht die knöcherne, jeden Widerspruch ablehnende Monotonie Christiansens, und unter dem zitternden Schleier, der über seinen Versuchen hing, zog sich alles, was er zu behandeln hatte, in so vielfältig zuckenden Umrissen auseinander, daß dem gierigen Verlangen des Mädchens, möglichst viel zu erfahren und zu erreichen, immerzu Fugen offen standen. Und da Michael sah, wie sie dazwischen fuhr, füllte er, unbewußt selig gereizt, die Umrisse mit eigenen Farben aus und ließ aus seiner Tube dicke Tropfen quellen, so daß sie erstaunt über dem Reichtum des Dargestellten erschwieg. Er gab Deutsch, wobei er anfangs, da er doch bei dem vorgeschriebenen, erstarrten und dürftigen Lehrplan bleiben mußte, sich meist selbst ironisierte. Aber auch hier änderte Johannas Zuschauen gründlich. Michael las die vorkommenden Gedichte mit ergriffenem Ausdruck vor. Bei den guten Texten wandelte er vom Natürlichen, Wirklichen mit Leichtigkeit in das Gedichtete über. Um zu verdeutlichen, was er meinte, kaufte er sich ein Spielzeug, das aus einem in ein Anblasrohr auslaufenden Drahtgewinde und einer kleinen Zelluloidkugel bestand. Blies jemand in die Mündung, so hob sich die aufgelegte Kugel und schwebte rotierend unter dem Anhauch. Und die Probe, die er mit den zu behandelnden Dichtungen machte, war stets die, ob der Stoff ganz ebenso in der Form in sich selbst ruhend, aber bewegt, in der Schwebe blieb, ob er also gedichtet sei. Johanna und

Michael hatten sich eines Abends in dem kleinen dunklen Spielzeuggeschäft getroffen, als er es gerade einhandelte, und auf ihre Frage, was es bedeute, war ihr Mund der erste gewesen, der den kleinen Ball spielen ließ.

Bei anderen, dürren und abgeleierten Texten aber versuchte Lippstock, und das war das Schwerere, aus der Unwirklichkeit, die der Verfasser den Erscheinungen ohne Erfolg hatte antun wollen, in die Natur zurückzurufen. Und hierbei kam ihm Johanna zu Hilfe, ganz natürlich, ohne daß sie es selbst als Hilfe merkte. In einem langen, in Knüppelversen gehaltenen Lehrgedicht, „Die Freuden des Winters" betitelt, fanden sie den Seidenschwanz erwähnt, offenbar bloß dem Reimwort Flockentanz zu Gefallen. Als man das Gedicht nun gemeinsam zu „präparieren" unternahm, zog sich Michael, weil alles übrige eine so magere Weide abgab, daß sie dem Hungrigsten nichts geliefert hätte, damit aus der Leere, daß er sich auf dieses Wort stürzte und den Schülerinnen den Vogel vorzuführen suchte. Er kam dabei vom Katheder herunter. In seine eifrige Schilderung faßte Johanna. Sie schnellte auf, als Michael behauptete, der Seidenschwanz sei größer als eine Drossel. Sie kenne den Vogel, sie sei auf einer Reise mit ihrem Vater Anfang Dezember an einer beschneiten Scheune vorbeigekommen; da hätten auf einer Feuerleiter unter dem überhängenden Dach eine lange Reihe merkwürdiger Vögel gesessen, aber nicht ganz so groß wie Drosseln; sie hätten einen girrenden, quirlenden Gesang gesungen und dabei den Federbusch auf- und niedergeschlagen. Hier bog Johanna die Arme zusammen, als finge sie das, wovon sie sprach, ein. Sie brach ab, und Lippstocks und ihre Augen begegneten einander in erschrockener Hast, die er hinter dem Eifer des Lehrenden und sie hinter dem Interesse der Lernenden verschanzte.

Der Acker, der für Michael Lippstock in der letzten Zeit brach gelegen hatte, begann sich jetzt mit stiebendem Verlangen zu besäen; Gräser mit läutenden Ähren schossen steil wie Kerzen auf, die er der Zuhörerin bot und anzündete. Er zog sie an sich und sie befahl allen ihren Adern, um nur ein geöffneter Mund zu sein, der ja den niederrinnenden Strahl auffinge. Auf solcher Zuhörerin pfiff es sich gut. Sie verlor von ihrer Härte, die sie dem Andringenden zum Schutze entgegengestemmt hatte. Er schlug seine Zähne in das weiche Holz, und es gab rührende und hingebend-besinnliche Flötentöne her, zu denen die Tauben ihrer Gedanken flogen, früh um Sonnenaufgang, spät um Sonnenuntergang.

Lippstock aber war wie eine Frucht, welche nicht loskommen konnte, um ihren Samen zu verstreuen, wohl war ihr Fleisch mürbe, aber noch hielt es zusammen und verscheuchte die Wespen. Doch die haltende Haut schürfte jetzt Johanna, und zischend platzte sie unter ihrem Nagel. Das ganze vergangene Jahr waren sie jetzt miteinander gegangen, eins in der größten Freude am andern. Es war wieder Herbst geworden. Auf den Stoppelfeldern wuchsen in Knoten die wilden Stiefmütterchen hoch, und Lippstock war aus seiner Stube geflüchtet. Er hatte wie immer, seit er in Glockenhäubel war, sich gründlich vorbereitet, hatte die Stunden mit Anstrengung vor sich aufgesetzt, jeden Riß der Übergänge mit Blut verkleistert und war nun doch heute, als würfe ihn eine Unentschlossenheit zu einem Berge hin, wo sie aufhören müsse und nicht mehr gehütet zu werden brauche. Auf dem Kartoffelacker aber, der sich über den Hügelrücken im Westen zog, stand ein Mann in einer Jägerjoppe, der, es war Lippstock unklar, warum eigentlich, wie es schien, auf der Suche nach einem Hunde, in kurzen Abständen ein „huhu" ausstieß. Dies Rufen unterwühlte das ganze ruhige Land, kroch Michael unter die Fußsohlen, in die Achseln und scheuchte ihn herum. Immer frisch durchquerte das Rufen die Hoffnung, es möchte aufhören. So schritt er auf Rothmonds Haus zu, und ihm öffnete Johanna. Das ganze Haus war fort, der Vater zu einer Beerdigung, Zissa zur Kirmes.

Sie setzten sich beide erschrocken in Johannas Zimmer. Es war hoch mit weißgetünchten Wänden und leuchtete. Johanna hatte sich vor ihren Schreibtisch gesetzt, Lippstock hockte auf der Fensterbank. Das geöffnete Fenster ging auf den Hof, in dem ein alter, gespaltener Ahorn die Schorfwunden seiner Blätter seufzend dem Sonnenschein hinstreckte. Sie standen einander nicht zum erstenmal allein gegenüber, aber sie waren sich nie zuvor im geschlossenen Raume begegnet. Auf der blanken Platte des kleinen Birkenholzschreibtisches surrten Lichtbüschel. Sie sprachen nicht viel; was sie sagten waren Worte, deren Leiber Bedrängnis waren, deren Glieder süß winkten. Und plötzlich fiel es herunter wie eine Raupe, die den Stiel des Blattes durchnagt hatte, an dem sie zehrte. Wie in Schmerzen sperrten sich Michaels Kiefer zu den Worten auf. Da schüttelte Johanna sich, sprang auf und riß ihn heraus aus sich und seiner Not, wie sie wenige Minuten, bevor er gekommen war, das verirrte Goldhähnchen, das sich seinen orangegelben Schädel an der Fensterscheibe hatte zertrümmern wollen, als es auf einem hitzigen Sonnenstrahl durch die andere Tür in Johannas Zimmer hineingeritten war, von der Gardine abgehakt hatte. Geblendet und zuckend hing Lippstock in den Armen des Mädchens, bis ihrer beiden Augenpaare einen gemeinsamen Halt fanden in der Scheibe der untergehenden Sonne, die, ihres flirrenden Mittagsglanzes entkleidet, von vielen kleinen roten Wellen durchflutet, aber schon kühl umgürtet, durch den Ahorn schien.

Wie Michael heimging, scharrte sein Blick am Wege, an den Spuren der zweizehigen Kühe, an den geklebten Rändern der ausgetrockneten Lehmgeleise. Er trieb im Duft, den der Weg, nach dem warmen Tage in der

Ruhe, ausatmete, und als die Dämmerung kam, bog er, als leuchte er wie faulendes Holz und als verriete er sich dadurch, den Begegnenden weit aus und ließ, was geschehen war, durch klare Fluten auf den tiefsten Grund herniedertauchen.

Wir haben alle ein Geleise, auf dem unser Wesen sich ausdrückt so gut wie jeder Vogel seine bestimmte Flugbahn hat. Bei dem alten Rothmond war diese der anspruchslose, selbstsichere Witz. Seine aufrechte Haltung wurde mit zunehmendem Alter um so sicherer, als niemand seiner Umgebung sie beeinträchtigte. Er war ein Mann von ungebrochener Kraft, sein Haar war aschgrau, dabei lockig, jeden Morgen kämmte er es sich mit Wasser, und am liebsten ging er in einem alten, fleckigen schwarzen Gehrock. Er war in seinem Hause ein unschuldiger Tyrann, aber einer mit leichtem Herzen, weil er sein Leben wie einen Pflug vor sich her durch die Flur gerissen, mit nichts und niemanden jemals Versteck gespielt und mit ungebrochenem Auge die Erscheinungen gemustert hatte. Jetzt musterte er sie kaum mehr, er schritt bereits auf einer zweiten Ebene, ließ sich nicht mehr auf neue Verhältnisse ein und erzählte bei guter Laune in derselben etwas anmaßenden, unkomplizierten, durch sein Selbstbewußtsein gefärbten Weise von den Begebnissen, die ihn berührt hatten; er beschrieb seine harte Jugendzeit, sein Kellnerleben in Amerika, sein spätes Studieren in grob und fest umrissenen Zeichnungen und ließ sich nie auf andere Empfindungen ein, als die des Verblüfftseins oder Ironisierens, meistens schalt er das Verhalten anderer als unverständig, dies aber nur soweit, als es in seinen geistlichen Berufskreis fiel.

Er war Johanna sehr zugetan. Längst war sie ihm eine angenehme Gewohnheit, nach der er verlangte. Die Art, wie sich seine Teilnahme äußerte, war rücksichtslos und ließ, eben seiner Zurückhaltung wegen, oft auf das Gegenteil von dem, was sie ausdrückte, schließen, aber sie wuchs aus ihm heraus wie Moos aus einem alten Baum. Johanna küßte ihn jeden Abend auf den alten, bärtigen Mund mit den schwarzen Zähnen darin. Sie verfuhr überhaupt mit ihm wie mit einem alten Baum, der fleißig getragen hat und den man nun schont, respektiert und unterstützt.

Lippstock ordnete sich in das Diakonushaus mit einer leisen Fröhlichkeit ein, die er seinem eigentlichen Widerstreben abgerungen hatte. Er hatte andere Menschen schon zu häufig gestört, sagte er sich. Deshalb stand er auch ganz allein und kannte seine Angehörigen kaum mehr. Warum sollte er nun Virgil Rothmond stören? Das sagte er nicht aus Resignation. Er wollte hier ja keinen Einfluß ausüben. Er wußte ja, daß es einen Raum gab, in dem er sich der Darstellung von Auffassungen und Schicksalen und Charakteren und damit seiner selbst leihen konnte, daß aus dem Gesange mit den Schülern ein zwitscherndes Zwiegespräch mit Johanna geworden war und war darum gern still, wo dieser Hintergrund fehlte. Er hatte oft Furcht, den Boden der Menschen unter den Füßen zu verlieren, und wenn er am Abend mit Johanna und Rothmond zusammensaß, hütete er sich, durch Wort oder Miene einen Strom durch die Luft um sie drei zu schicken. Wie in einem Gehäuse sich ruhig zurückzuhalten lernte er, und die Bewegungen des Hauses mitzumachen. Im Anfang mißlang es ihm häufig; oft verkannte er das Gebaren Johannas und glaubte es innerlich eingeschlossen in den streng geschlossenen Kreis. Aber wenn sie mit verändertem Antlitz draußen auf ihn zuflog, war er beruhigt. Gerade weil es aus den Ecken und Enden seines Alleinseins wie Flämmchen emporbrannte und gerade dann, wenn unter seine Schuhe ein Gas gekommen war, das ihn so steil in Höhen blies, von denen aus er alles anders haben wollte, empfand er die Stube des alten Rothmond wie einen Schutz. Das mähliche Hin und Wieder der Worte zwischen Vater und Tochter trieb einen hohen Wall von Flugsand herauf, hinter dem sich die Pein und das fruchtlos mühsame Tun ausstreckte. Aus den Tabakswolken schaute Virgils zäher, ruhiger Kopf; Lippstock kauerte sich in einen Liegestuhl und las; Johanna saß und nähte, meist etwas für Virgil. Und sobald Michael, wenn Johanna abwesend war, bei längerem Aufenthalt in den Ferien oder bei gemeinsamen Arbeiten im Garten, allein in ein Gespräch mit Rothmond kam, dann trieb er, vorsichtig in allem, was er tat und sagte, diesem nur Wasser auf die Mühle, versteckte seine eigene, glühende Axt tief im Kleide und genoß die ruhige Einfalt, die beim Aufbessern einer Gartenbank oder dem Ausroden alter Johannisbeerbüsche sie beide umhüllte.

Michael Lippstock war dem alten Rothmond nicht geradezu als erwünschter Hochzeiter erschienen. Er betrachtete Lippstock, soweit er überhaupt noch andere irdische Wesen betrachtete, nicht ohne Gefallen, aber auch nicht ohne Mißtrauen. Was er von seiner Existenz wußte, befriedigte ihn nicht ganz. Zwar hatte ihm Johanna nachdrücklich und oft genug gesagt, was für ein vorzüglicher Lehrer Lippstock sei, aber er fragte dafür zurück, warum er denn mit seinem Examen nicht weiter gekommen sei und machte schließlich seine Einwilligung in die Heirat der beiden davon abhängig, daß Lippstock sich verpflichtete, wenigstens die Rektorprüfung zu machen, um zum mindesten eine Volksschule, vielleicht seines eigenen Inspektoratsbezirkes, übernehmen zu können.

Als Lippstock sich in diese Bedingungen schickte, ging es ihm wie den Puppen, die, in andere Temperaturen gebracht, von den in der eigentlichen eigenen Umgebung gezeugten abweichende Farben der ausschlüpfenden Bestimmung entwickeln. War er bisher immer im krachenden Lichte seines eigenen Wunsches um und um gerückt, so schloß er sich jetzt in das Haus einer fremden Forderung ein. Und es kam ihm vor, als gelänge ihm das leichter als er gedacht hatte, als reiften große runde Farben auf seinen Flügeln, Farben, deren Inbrunst nicht verloren dadurch, daß sie ruhiger glommen und Strecken sichtbar machten, die er früher durch nagende Untätigkeit nicht beachtet und bestellt hatte.

Es war einige Tage vor der Hochzeit. Die drei saßen wie gewöhnlich in Rothmonds Studierzimmer. Johanna nähte die Aktenbündel des Vaters in blaue Papierdeckel. Rothmond schaute wohlwollend zu. Dann holte er bald dieses, bald jenes Blatt aus seinen Regalen und Fächern, erzählte von seinem Kronenorden vierter Klasse, zeigte Johanna zum hundertsten und Lippstock zum zweiten Male die Verleihungsurkunde mit der Unterschrift des Kaisers und Königs und betonte wiederum, daß er als Diakonus königlicher Beamter sei. Lippstock wurde nicht müde, nach den Vorkommnissen in der Gemeinde aus Rothmonds langer Amtszeit zu fragen, nach dem Empfange des Kronprinzen Friedrich durch die Geistlichkeit auf dem Bahnhofe zu Glockenhäubel, wobei man ihm ein Seidel eigens dazu gebrauten Bieres gereicht hatte, nach dem sonderbaren Freunde Rothmonds, der auf Reisen zwei Westen trug, in deren unterster er sein Geld verwahrte, um es dann, weil er als natürlicher Mensch an einer Weste genug hatte, mitsamt der zweiten Weste im Hotel liegen zu lassen. Rothmond konnte es nicht gut leiden, wenn andere länger sprachen, und Lippstock ging, immer wieder nachfragend, der Besprechung innerer Angelegenheiten aus dem Wege. Auch dem Alten tat er so nur einen Gefallen. Die von einem grünen Büroschirm überdachte Gasflamme über dem plumpen Mahagonitische wurde dunkler und wieder heller. „Wollen wir nicht noch einmal Salta spielen?" fragte Johanna, als der Vater das Bier ausgetrunken hatte, das Zissa gebracht, und nach dem „Meinetwegen" spielten sie fünf Partien. Virgil begleitete die Bewegungen des Stäbchens, mit dem er die Holzmarken verschob, mit harmlos ironischen Bemerkungen über seine und seiner Partnerin Schlauheiten; er tat wie ein Kater, der gestreichelt wird. Michael sah von seinem Platz neben Johanna auf dem Roßhaarsofa auf Johannas zierliche Hände. Zuweilen mißfielen ihm ihre burschikosen Gegenbemerkungen, bis sie ihn merken ließ, daß diese doch nur gemacht seien und sie sich doch nur dem Unvermeidlichen füge. Endlich klopfte der Alte seine Pfeife aus, Johanna gab ihm den gewohnten Kuß und Lippstock versäumte nicht, wie er es immer tat, dem künftigen Schwiegervater respektvoll Gute Nacht zu wünschen, und jeder begab sich in sein Zimmer.

Rothmonds Schlafzimmer stieß an seine Studierstube. Virgil schloß das Fenster, in das sich mit dichten Klumpen der Efeu drängte, und entkleidete sich. Er nahm sich keine Zeit zum Sinnieren. Auch zog er nicht im Geiste voraus die Linien des jungen Paares. Wohl hatte er berechnet, ob ihm ein Auskommen möglich sein würde, aber das weitere Nachdenken darüber hatte er entlassen mit der Meinung, das müßten Johanna und Michael selbst wissen. Er pfuschte niemandem in seinen Eigensinn. Die Welt war für ihn nicht wie für Lippstock ein Kasten voll Schleier, sondern ein Gefüge von Sicherheiten biblischen Charakters, fest und bitter wie Eichenblätter unter einem starken Himmel. Mäuse raschelten im Stroh, er versuchte vergebens die Störenfriede zu verscheuchen, die sein Einschlafen hinderten, stand auf, nahm mit großer Selbstverständlichkeit Matratze, Kissen und Decke und bettete sich auf das Sofa nebenan. Selbstbewußt und friedlich lag er in den Kissen. In einer still bewässerten Landschaft sah er ein gewaltiges Mühlenrad sich vor ihm drehen. Vögel setzten sich auf die Speichen. Sie zwitscherten. „Lärmt nicht so," sagte Virgil, „es wird nun erst wieder Herbst."

Johanna schlief ebenfalls im oberen Stock. Nachdem sie Lippstock hingebend geküßt hatte, stand sie vor dem Waschtisch, geschwenkt voll mit dem Safte der Erwartung. Sie fuhr mit dem Schwamm über ihr heißes Gesicht und zog sich dann in süßer Demütigkeit aus. Voll Versprechen ruhte es in dem Laube, das über ihr hing. Seine Formen rührten sich ineinander, dann traten wieder die breiten, zackigen Blatthände heraus. Heute war Lippstock da. Im vorigen Jahre war sie genau um diese Zeit zu der Mühle des alten Tietje gegangen, der an den Mühlenkopf geschrieben hatte „Deus, da nobis ventum". Nebel hatte unterwegs gelegen. Der Mühlenplatz war ihr wie eine ausgeräumte, gesäuberte Stube vorgekommen, aber das abgefallene Steineichenlaub war beweglich gewesen und hatte sogar angefangen, spazieren zu gehen. In ängstlichem Zorn hatte sie ihren Schuh ausgezogen und danach geworfen. Die lastende Stille hatten dann nur die zwei Stimmen des dünnen Wassers am Wege, des reicheren vom Waldesrande her unterbrochen. Johanna hörte es noch. Wie um sich gegen schädliche Einflüsse zu sichern, zog sie aus der Kommodenschieblade das Spielzeug, das ihr Lippstock geschenkt hatte, und blies den Ball in die Höhe. Sie streckte sich im Bette aus. Ihre Lippen schwollen, sie atmete heftig, aber dann schlief sie wie die Nuß am Strauch, in ein grünes Deckblatt gehüllt und des Pflückens gewärtig. Ihre Wangen waren braunrot und ihre Wimpern waren lang und dunkel wie Spinnenbeine.

Michael Lippstock übernachtete zu ebener Erde links von der vorderen Haustür. Er setzte sich auf den unbequemen Stuhl vor den Tisch und schaute in die Flamme des Stearinlichtes. Das Fenster auf den Hof stand offen. Lippstock dachte, wie heiß seine Fußsohlen seien. Blätter wehten durch das Fenster auf den Fußboden, sie fielen aus dem Munde der Nacht und erschreckten das Licht, das sich bang nach einer Seite bog. Lippstock beugte sich hinaus; über die Hofmauer fielen die Zöpfe einer Lärche aus dem

Garten der Trinkerheilanstalt. Er betrachtete genau einen Zweig, der gebogen wie ein Joch auf der Mauer lag. Endlich schlief er, und der Atem des Schläfers züngelte empor und floß ringelnd durch das Diakonushaus. Dessen hundertjährige Bohlen ließen ihn über sich weggleiten, aber die Schlüssellöcher in den Türen der beiden anderen Schläfer schienen sich vor ihm zu schließen. Die geräumige Bauernküche jedoch ließ ihn passieren, und die Türspalte zu der engen, vollgestopften kleinen Kammer über dem Keller nach dem Hintergarten hinaus legte ihm keine Hindernisse in den Weg. Hier schlief man noch nicht. Vor einer Truhe, die als Tisch diente, stand Ammerdahn Fietschmann, ein vierzehnjähriger, blasser Junge mit brandrotem Haar, aus dem stets eine lange Locke auf die Stirn züngelte. Diese Stirn war voll von Falten; die zurückliegenden glasigen Augen starrten voll Lust auf eine grüne Bierflasche, die auf der Truhe stand und in der ein paar Mooshummeln ärgerlich, übereinanderfallend, brummten. Ammerdahn war der Sohn eines dem Trunke ergebenen Lederarbeiters, über den Rothmonds noch zu Lebzeiten der Frau Rothmond sich erbarmt hatten und der seit mehr als vier Jahren ein festes Requisit des Hauses war, wiewohl er zu nichts außer zu den einfachsten Dienstleistungen wie Stiefelputzen und Gartenarbeiten zu gebrauchen war. Virgil selbst hatte kein eigentliches Verhältnis zu dem Jungen. Aber zu wem hatte er es außer zu seinen eigenen Kindern? So wenig ihn die halbe Lunge seines nächsten Nachbarn, des Tischlers Adam Biertümpel, der oft genug einen schönen glatten Sonntagmorgen mit seinem blutigen Auswurf besprenkelte und mit giftbeladenem Fluchen auf sein Weib beschmutzte, an der Ordnung der Welt irre machte, so wenig brachte ihn das verdrehte Wesen des Ammerdahn in zweifelnden Aufruhr. Wenn Virgils Auge ihr Treiben unversehens auffing, nickte er ihnen gutmütig zu, machte mit dem Ammerdahn einen unschuldigen Scherz, und dann waren sie auch schon davon wie fliegende Mücken von einer gesunden Netzhaut. Jedem sonstigen Betrachten erschien der Ammerdahn als das Sinnbild eines Zerstreuten, um nicht zu sagen, Gestörten. Die Strahlen seiner Augen waren allerdings nicht auf das gesammelt, was den übrigen einzig der Aufmerksamkeit und Bebauung wert war. Für ihn gab es nur ein Thema: Bienen, Hummeln, Hornissen und Wespen. Nichts, was dazu gehörte, war vor ihm sicher. Waren sie für die anderen Menschen, soweit sie sie überhaupt sahen, höchstens Zeichen eines bedeutungslosen Überflusses und Überschusses der Natur, so waren sie für den Ammerdahn die beuteligen Glieder einer Schnur, an der allein er sich, sie abtastend, in seine Heimat, den flammenden Nabel der Natur, zurückfand. Wenn er sie mit unfehlendem Griffe an des Leibes Mitte zwischen seine Finger genommen hatte, betrachtete er sie mit derjenigen Leidenschaft, mit der der Knabe ein nacktes Mädchen ansieht, riß ihnen den Stachel aus und sog ihnen den Honig ab. Hatte er davon genug, so sperrte er den Rest in eine Flasche und freute sich mit einem höllischen Vergnügen an ihrem Summen. Wenn sein Inneres ruhig und von keiner fremden Macht bedroht oder auch nur belauscht war, dann wurde er das, was er liebte, und seinem Kehlkopf entfuhren Laute, die dem summelnden Summen der Bienen, dem Baß der Hummeln glichen. Auf Lippstock machte dieser Junge den nachhaltigsten Eindruck. Wenn ihm selber alles aus den Händen fiel, so erschien ihm plötzlich alles in einer seligen Figur in Ammerdahn versammelt zu sein. Dessen roten Haaren, seinen brünstig geschürten Lippen, seiner zarten Stimme hielt die unfaßbare Welt faßbar das Versprechen, das sie unfaßbar Michael bislang nur gegeben hatte. Michaels Liebe zu Johanna war nur vorhanden auf dem Hintergrunde solcher Rätselhaftigkeiten, wie der Abendstern nur auf dem von Tränen verdunkelten Himmel gedeiht, jeder seiner Enthusiasmen hatte nur Stimme vor jener Fülle, und er wäre bereit gewesen, sich dem Ammerdahn zu opfern, so wie der Ammerdahn geopfert war, um in das Gewebe des täglichen Geschehens einen dünnen todessüßen Faden einzuschießen, den alles, was das übrige Diakonushaus tat, aufzudrehen drohte. Wenn Lippstock ihn einige Tage nicht gesehen hatte, zog sich sein Herz bei seinem Anblick hart zusammen, um getroffen aufzuschnellen und bang dahinzuschwinden. Ein Widerwille, ein Ekel gegen alles, was er tat und sich zu tun vorgenommen hatte, eine wütende Zwietracht riß ihn auseinander auf Befehl einer fürchterlichen Warnung, und seine leeren Glieder wankten, bis ihm der Ammerdahn mit feierlichem Winken seine Bienen zeigte, die wie gefangene Monarchen ingrimmig summend ihre Schönheit ausströmten. Und wenn Lippstock dann in Ammerdahns verzückte Augen schaute, dann war es sein Sieg, daß der Junge die Gefangenen wie mit dem Rufe „Ihr Heiligen!" frei gab und fliegen ließ.

Unter den näheren und ferneren Angehörigen des Diakonushauses war nur Nathanael Rothmond, Johannas älterer Bruder, für Michael von Bedeutung. Er war zweiter Geistlicher in einer Fabrikstadt. Als Student in freieren Anschauungen aufgewachsen, fand er sich bald in Widerspruch zu seinem Vater, den aber auch er zu verletzen sich hütete. Seine andere Meinung kam bei Zusammenkünften nur in ironischer Bitterkeit zum Ausdruck. Durchaus wünschend, intensiv die geistige Not seiner Zeit zu erkennen, sie womöglich überschwenglich zu erretten und in höhere Stadien zu überführen, dabei nicht eigentlich imstande, den Ursprung der neueren kritischen Forschungen als zehrendes Begehren von Grund aus auszuschöpfen, hatte er zuletzt zu der Waffe gegriffen, den neuesten Kämpfen gegenüber mit leise hochmütiger Überlegenheit den gläubigen Unmodernen herauszukehren, den Unmodernen freilich, der anders als der Vater die

Torheit der neuen Stürmer selbst durchgemacht und hinter sich gebracht und dadurch den eigentlichen Vorsprung der Weisheit bekommen hätte. Er war ein hochgewachsener schlanker Mann, in allen körperlichen Übungen gewandt. Als Student und noch mehr als Soldat von den Mädchen bewundert und geliebt, war er von dem Obersten seines Regiments vergebens gebeten worden, die Offizierslaufbahn einzuschlagen. Als Pastor hatte er eine Jugendfreundin geheiratet, die Tochter eines Bauernhofbesitzers, eine üppig gebaute, gescheite Frau, der bei einnehmender geistiger Beweglichkeit aber die Fähigkeit abging, sich zu beschränken und zu disziplinieren, die sowohl Nathanael wie Johanna von Vater und Mutter überkommen hatten. Sie trug auch am gleichgültigsten Tage seidene Unterröcke, ging auf Stöckelschuhen und machte Nathanael eine straffe Übersichtlichkeit ihrer Haushaltung unmöglich. Über eine Kuhraufe, aus der die Überbleibsel der letzten Fütterung nicht entfernt waren, konnte sie sich als Bauerntochter aufregen, sie war gar nicht unordentlich. Sie trat überall für Aufräumung konventioneller Vorurteile ein und sprach lebhaft und mit Einsicht darüber, fürchtete aber, wenn sie kein Korsett trüge, nicht zur guten Gesellschaft gerechnet zu werden. Die Gatten hatten ein kluges, aber kümmerliches kleines Kind, ein Mädchen, dessen Geburt Elise so schwer gefallen war, daß sie geschworen hatte, nicht wieder Mutter werden zu wollen. Sie stieß sich bald an den Grenzen, die ihr ihres Mannes Besoldung ziehen mußte. Er konnte ihr die ihnen befohlenen Notwendigkeiten nicht eindringlich genug künden, war doch gerade ihr unkleinliches Betragen ihm wichtig. So litt Nathanael. Seine natürliche Umgebung, gegen die er wider seine Natur löckte, war und blieb das alte Vaterhaus, in dem die Mäßigung war, die das Ausschweifende verwarf. Aber einmal mußte während seiner Vorbereitung im Mutterleib diesen ein banger Hauch aus unbekannter Gegend gestreift haben: da mußte für dieses Hauches Dauer seine Mutter sich dem Traum, und nicht der Bibel, hingegeben haben, vielleicht als ihr der junge Virgil am Morgen berichtet, daß unter den ruhigen grauen Feldvögeln, die auf seinem Weltrad rasteten, in dieser Nacht ein grünkristallener Eisvogel gesessen habe. Und gerade weil jene Berührung nur ganz flüchtig gewesen und wie ein Vorwurf schleunigst abgelehnt sein mochte, so daß, was sie in ihm erzeugt hatte, nur wie ein Körnchen störend in seinen Blutkreislauf eingeschoben war, gerade deshalb besah Nathanael die Druckstelle beständig und rieb sie, und wenn er noch eben die Stärke und Sicherheit seines Leibes empfand, dann erbaute er sich gleich darauf an jener geröteten Stelle, und schwankte dorthin und hierhin. Dieses Schwanken zeigte sich im Verkehr mit den Seinen in einer halb scherzenden, halb beißenden Ironie. Da lernte er Lippstock kennen, und weil Lippstock, wo er nur auf ein unverhülltes begieriges Entgegenkommen stieß, in beredter Weise über die Dinge sprach, nach denen sich Nathanael insgeheim absehnte, traten beide einander näher. Es bildete sich ein Verständnis zwischen ihnen aus, dem jedoch ein gut Teil tragischen Mißverständnisses beigemischt war. Nathanael lag es nicht, seinem Selbstbewußtsein zuliebe und auch weil er sieben Jahre älter war, sich Michael gegenüber radikal aufzuschließen. In kühlen Momenten fühlte er sich Lippstock völlig überlegen. Aber sein Wohlwollen für den neuen Schwager zeigte sich an der Herzlichkeit seines Entgegenkommens, zeigte sich schon an dem freundlichen Klange der Stimme, mit der er ihn immer begrüßte. Außerdem fühlte er sich zu Lippstock hingezogen, weil dieser ihm durch den Vater nicht gerade als garantiefähige und unbedingt bürgerliche Natur geschildert worden war, und weil er ein Außerordentliches witterte in dem Sichzusammenfinden von Johanna und Michael. Auch seine eigene Ehe gefiel den Verwandten ja nicht so ausnehmend, und deren Mißfallen wog er als Zeichen, dessen er bedurfte, ihres Wertes.

Lippstock erwiderte erfreut Nathanaels Interesse, erfreut auch über Johannas Freude daran, die sehr an dem Bruder hing. Um so deutlicher aber wurde er darum auch bald des Bruches in Nathanael inne. Elise Rothmond trat ebenfalls mit ausgestreckten Händen auf Michael zu, nachdem sie vorerst gebührend kritisch gewesen war. Er nahm auch ihre Liebenswürdigkeit gern an, vergrößerte sie anfangs wohl auch, weil in die Wärme des ersten Empfanges ein Interesse bei Elise gemengt war, das nachher leider schwand. Sie rief Lippstock mit seinem Vornamen an, und ihr „Guten Tag, Michael Lippstock!" klang immer wieder unbefangen und vertraut. Es traf sich unglücklich, daß bei einem nächsten Zusammensein Lippstock, als er längst als anerkannter Verlobter Johannas erschien, arm und verschrumpft war, so daß sein eigener Mangel ihm auch Elise kühl und unteilnehmend spiegelte. Er war nicht imstande, durch Gespräche und Erzählungen das zu geben, wofür allein er gute Gegengabe verlangen konnte, die er zuerst deshalb reichlich bekommen hatte, weil er, unbewußt, damals als er nach Boden für sich und Johanna gesucht hatte, ein Bittender und Hilfesuchender gewesen war. Ob Nathanael mit Elise glücklich ist? fragte er sich, und fragte er Johanna. Johanna war bereit, darauf mit „Ja" zu antworten. Lippstock konnte indessen keine Unverbrüchlichkeit zwischen den beiden entdecken; er glaubte zu sehen, daß der Schwager an einer schweren Last trüge, indem er, nicht mehr in Elise heimisch, seinen großen Stolz zwänge, den anderen nach wie vor zur Bestätigung, wie richtig und eigentümlich er doch gewählt habe, die Sicherheit und Herrlichkeit seiner Liebe zu Elise zu zeigen.

Eines warmen Sommermittags kam Nathanael unvermutet bei Rothmonds an. Das Diakonushaus blieb der Hort, in dem es sich gut verkroch. Er war schwer verstimmt. Am letzten Sonntag hatte es Max Grünkorn, der erste Pastor von Süsel, für nötig gefunden, bei Nathanaels Predigt zugegen zu sein. Grünkorn war ein älterer Mann mit grauwolligem Bart, der dicke Lippen freiließ. Seine Augen waren zwei dünne Spalten. Er hatte stets das geläufige Leben des Anständigen und Ehrenwerten gelebt und demonstrierte es den Süselern dadurch, daß er vor dem Ladenfenster des Buchhändlers Euch in Süsel stehen blieb und die Stelle des Glases, durch die eine Postkarte mit der Abbildung einer Ballettänzerin sichtbar wurde, mit Papier beklebte. In der letzten Sonntagspredigt hatte Nathanael gesagt, das menschliche Gebet rühre und bewege Gott nicht, und als er aus der Kirche trat, war ihm auch schon Grünkorn gerade auf dem Friedhof auf den Fersen und schrie ihn an, wie er seiner Gemeinde eine so unsinnige Vorstellung einprägen könne. Gereizt über diese Abkanzelung hatte Nathanael entgegnet, daß kein fortgeschrittener Theologe an der Richtigkeit seiner Vorstellung zweifle, und daß er sich diese Schulmeisterei von einem, wenn schon älteren, Amtsbruder nicht gefallen lasse. Mit ungestümem Gesicht saß Nathanael bei Lippstock und Johanna und wußte in seinen Ausfällen gegen Grünkorn, der ihm sein Eigenstes kaputt mache, kein Maß. Für Lippstock war es nicht immer leicht, Nathanael recht zu geben, trotzdem es ihm nicht einfiel, den Geschmähten zu decken, der sich aus Nathanaels beredtem Zorn allerdings als ödes Gespenst in seine Anständigkeit rettete. Aber war auch der praktische Nathanael Rothmond der Berechtigte, so war der Theoretiker Nathanael nur ein verstümmeltes Kind in einem Dornendickicht. Blieb er in der Beschreibung des Täglichen, so pfiff seine Rede wie eine Sense, und die Füße der Getroffenen fielen, seine ironischen Worte trafen und schlugen, und mit seiner Beobachtung fing er eine Fülle von Geschehnissen ein, die aufrecht dahermarschierten und mit denen es sich kämpfen ließ. Aber sobald ihn sein Ehrgeiz verleitete, das Ziel zu bestimmen, um die Verkehrtheit der Gegner aufzuzeigen, so verbogen sich ihm die Worte zusehends, so sehr und so sichtbar, daß Michael, in ein tiefes Erbarmen mit den gemißbrauchten geratend, sie schnell aufhob und in seiner Hand aufbewahrte und verschloß. Und übrigens, stellte man nicht auch eine Azalee und deckte und wässerte und temperierte man sie nicht auch, wenn man besonders lange und schöne Blütentrichter haben wollte? Sollte man nicht auch so unheimlich beten können, daß Gott die Umstände veränderte, die Jahreszeiten umstellte, die Fieberbäckchen der reifenden Pfirsiche in den Schnee schüttelte und die schrecklichste Unruhe zur jauchzenden Ruhe lockte? Aber wenn auch Nathanael recht haben mochte mit seiner Predigt, er solle nur nicht, wenn er liebte und lobte, seine Worte so tigern, dachte Michael, und er verleitete den Schwager bald dazu, ihm von den Säufern seiner

Gemeinde und den unverhohlen Sittenlosen zu berichten. Und das tat dieser in reicher, dichter Sprache, die den Hals gerade hielt, weil kein Ehrgeiz sie fälschend überspannte. Das machte die drei glücklich und beweglich, und längst johlten die Süseler Trunkenbolde an Nathanaels Gartenzaun vorbei und wurden seine Bauern puterrot, wenn sie nach hochgemuter Ankündigung „Herr Pastor, ich hab'n Jung' bekommen" auf seine Frage „Wie lang sind Sie eigentlich schon verheiratet?" „Drei Tage, Herr Pastor," antworten mußten, als Virgil zum Kaffee herunterkam. Und längst konnte Nathanael leichten Herzens und humorvoll dem Vater von den Ursachen seines Zorns und seines Herkommens berichten. Es kam für ihn nicht in Frage, mit Virgil das Hin und Wider seiner Predigt zu erörtern. Für Virgil trugen alle diese Zwieträchtigkeiten das eine große, leicht erkenntliche Gesicht in dem Spiegel, der keine „Auffassungen" zuließ.

Nach dem Kaffee gingen Nathanael, Johanna und Michael durch die Verandastube über die kleine Steintreppe in den alten Garten, in den sie alle verliebt waren. Man ging von Beet zu Beet, untersuchte und besprach jeden Baum, und als man bei den Himbeerrabatten angelangt war und was noch daran hing, aberntete, war Nathanael schon dabei, mit Lippstock über das zu verhandeln, was ihn eigentlich scheuchte und erregte. Nathanael sollte für jemand anders auf einer Konferenz einen Vortrag halten. Der ursprünglich dazu Bestimmte war von Beruf Kunstkenner, und der Vortrag sollte von dem Verhältnis der Kunst zur Religion handeln. Michael gab sich gern Nathanaels Skrupeln hin. Wenn Lippstock Bücher über das Thema wisse, solle er sie ihm leihen oder nennen. Lippstock meinte, Nathanael solle sich vor Abstraktionen hüten und nicht gleich von einem Letzten auf das andere Letzte springen, das sei schädlich. Aber sonderbar genug, es gelang ihm kaum, den Schwager von hier aus zu bewegen. Die Kunst wäre Offenbarung, sagte Nathanael; er fürchte nun, bei seinen in alten Theorien erfrorenen Zuhörern Anstoß zu erregen, wenn er ihnen sagte, daß Kunst und Religion dasselbe anstrebten. Neulich hätte der Doktor Ausguß behauptet, die Musik sei überhaupt keine Kunst. Ob er als Titel „Die Kunst als Offenbarung des Religiösen" nehmen solle? Lippstock, gegen diese leichtsinnigen Titel ankämpfend, machte immer wieder dieselben Einwendungen. Nathanael solle von Einzelgegenständen sprechen, möglichst genau zeigen, er könne ja von der Gestaltung des Sarges anfangen, vom Sarkophage her, oder von der Geschichte des Altarschreines; dadurch könne er dann vielleicht belegen, daß Kunst und Religion zusammenhingen. Lippstock streifte hier und Nathanael dort eine Himbeere ab und Johanna pflückte zwischen ihnen, und endlich beschloß Nathanael, Michaels Gegenargumente mordend, seinen Vortrag „Die Sprache der Kunst im Leben der Religion" zu nennen – als plötzlich Michael in dem Stück Gemüseland, das über ein paar Holzlatten an die Himbeeren grenzte, den Ammerdahn erblickte, der, beim Jäten anhaltend, Lippstock ansah. Der Ammerdahn hatte einen merkwürdig frackähnlichen blauen Rock an, auf dessen Schößen zwei Silberknöpfe funkelten, er hatte keinen Hut auf und hatte die Hälfte seines Kohlbeetes rein gehackt. Aber sein Anblick drang wie ein ungeheurer Ruf in ihrer aller armes Gerede. Was Lippstock Nathanael vergebens in die Hände zu drücken versuchte, da stand es. Um die Nasenflügel des Ammerdahn war die Behausung der Musik... Grausam und verschwenderisch zugleich brütete sie wie die Singdrossel in einem weggeworfenen Topf in einem Schwachsinnigen. Gütig und listig lag dessen Auge auf Michael, wie wenn er etwas ganz Besonders, nur für Lippstock Bestimmtes, für ihn in der Tasche berge. Seine roten Haare lagen als Fäden aus Feuer auf seinem ruhigen Kopf. Erschrocken und erhoben fuhr Lippstock mit einem Satz aufrauschend durch die Himbeerstauden, bestätigte Nathanaels letzte Worte und strebte weg, als wollte er mit Speeren von dem Orte wegdrängen, auf dem die drohende Majestät eines Erzengels thronte, und trällernd ging man ins Haus. Nur Johanna flüsterte Michael noch beim Hineingehen zu: „Wie gelungen, daß er dich nicht versteht. Er hat gar nicht gemerkt, was du eigentlich meintest."

Das Wetter knickte noch am selben Tage um. Nathanael Rothmond mußte heim, und Johanna und Michael brachten ihn zum Bahnhof. Hinten im Garten stand der Ammerdahn und sah auf die Felder, die sich in westlicher Richtung in Weidenunterholz verloren. Ein steifer, wehtuender Wind war aufgestanden. Er hing, die breiten Zähne gierig eingeschlagen, der noch weichen Luft im Nacken, die langgezogene Seufzer ausstieß. Wenn er sie losließ, verloren die Scharen wohlgenährter Gimpel in den Weiden ihren Schreck und ließen sich auf den Feldern nieder, wo sie sich in klirrenden, gleitenden Lauten miteinander unterhielten. Bei jedem Windesstoß flogen sie wieder in die Weiden, und wieder auf das Feld in jeder Pause zwischen den Windstößen, und der Ammerdahn wurde nicht müde, diesem Spiel zuzuschauen.

Bis Lippstock die Prüfung beendet und dann eine Stellung erlangt hätte, wohnten Johanna und er nach der Eheschließung zuerst noch bei Johannas Vater, im ersten Stock des geräumigen Diakonushauses. Der alte Rothmond hatte ihnen das angeboten, und weil Michael und Virgil beide ihre Naturen in Grenzen hielten, so war es möglich, daß sie miteinander auskamen, und es ging ganz gut. Das alte Haus hatte immer wieder Frühling, Sommer, Herbst und Winter erfahren, und seine zähen Balken flößten Michael Lippstock Vertrauen ein. Mit Virgil kamen die Jungen nur bei den Mahlzeiten und bei besonderen Anlässen zusammen, dann waren sie höflich und zart gegeneinander. Lippstock arbeitete den Vormittag durch. Um die Kosten ihres Unterhaltes aufzubringen, erteilte Johanna Unterricht an der Volksschule. Alles ließ sich vorteilhaft an, bis die einzelnen Naturen den Ereignissen wieder zuvorkamen. In die Regelung von Michaels Tageslauf gerieten Schwankungen. Zuweilen passierte es, daß er, nachdem er eine kurze Zeit des mageren, hellen Morgens sich in die Arbeit verbissen hatte, nicht mehr durchhielt. Dann ging er die kurze, staubige Treppe vom Flur der oberen Wohnung hinauf nach dem von den Firstbalken zerteilten weiten Boden und legte sich auf die Mitte der Dielenbretter, bereit, jedem Windstoß zu erlauben, die Leere, die die Arbeit ihm bereitet hatte, zu erfüllen. Und die Winde wehten verschieden. Wenn er lauernd dalag, so bestreute sich der Boden mit weißem Sande, und ein Hahn lief gebrochen krähend wie ein Vorbote darüber. Ihm folgte ein siebzehnjähriges Mädchen von kräftiger Erscheinung, den Kopf mit einer blauen Kapuze umhüllt, in deren umgeschlagenem Saum zwei ragende Hühnerfedern steckten. Sie hatte leichtsinnige, fast niedrige Gebärden. Sie schien fröhlich, lief hin und her, daß unter ihrem Kleide ihre mit Schuhen aus grauem Segeltuch bekleideten Füße sichtbar wurden und schien dann irgendein Tier zu locken. Dann ertönte, während Michael ihr zuschaute, ein mahnender Ruf „Treib die Kühe heim!“, und gleich sah er sie hinter einer gestreckten Reihe von Kühen einen aufsteigenden Bergweg hinanschreiten. An ihrer Statt saß jetzt ein anderes Mädchen, in hellrotem Kleide, mit zerlassenen Gliedern, auf einem Haufen abgefallener Blätter vor einem gilbenden Rosenstrauch, der mit Bedeguaren bedeckt war. Ihr Gesicht war in ein grimmiges Weinen verzerrt, sie saß müde wie ein kranker Vogel und schaute Michael an, als wäre er der Urheber ihres Kummers. Und Lippstock ging dann. Eine Qual begann ihn zu durchströmen, und diese wie einen Bissen im Munde hin- und herschiebend, setzte er sich wieder an den Tisch. Er schob dann das Gesehene zurück, zündete sich, um sich an etwas festzuhalten, eine Zigarre an und arbeitete in einer festen Manier darauf los. Dann wich das Gesehene, und durch das, was er zu Boden drückte, durch seine Arbeit, durch das Gefühl davon, drängte sich wie mit Bohrern durch eine Holzschicht das Leben, das er um sich errichtet hatte. Der Bohrer drang tief, und wie aus einer keuschen und glühenden Birke quoll ein zähflüssiger, schimmernder Saft, den er in hohler Hand aufschlürfte. Johanna kam, es war Mittag, und er empfing sie, nahm ihre Hand, spielte mit ihrer Hand, und sie gab sich ihm schauernd hin.

Aber oft war der Tag anders gebaut. Michael war gleich nach dem Aufstehen ins Geschirr gegangen, hatte seine Arbeit geleistet, und fiel dann ab wie ein Blutegel von einem ausgesogenen Arm: mittlerweile war es elf Uhr vormittags geworden. Nun war es noch lange bis zum Mittag, und die erfüllte Arbeit hielt nicht Stich. Er ging herum, nach einer anderen Ruhe suchend, die mit Stricken gefesselt irgendwo liegen mußte, und sie hörte ihn nicht. Er hielt still, lauschend auf ihren Schritt. Sie kam nicht, und wenn dann die tätige, die schöne Johanna zu ihm heraufstürmte, dann wollte er ein fernes „Treib die Kühe heim" hören, aber er merkte, wie heiß sie vom Laufen war; ihre Backe, die er berührte, um sie nicht zu verletzen, berührte seine und, da er nicht durchgekocht, halbgar, oft gar nicht erst hineingelangt war in den Kessel, in dem die Stürme sieden, schlug ihn seine Unausgefülltheit und er mied ihren Blick, der seinen suchte. So wurde er abhängig von seinen Träumen, sie aber suchte noch vergebens nach dieser Ursache. Sie waren erst so kurz Gatten, daß es Johanna oft nur taumelnd faßte, Lippstocks Weib zu sein, und schon so lang, um dann zu merken, daß auch sie auf ihre innerste, eigentümlichste Kraft sich besinnen mußte, um sich zu speisen. Denn wenn Michael sie heute gern und ganz küßte, so merkte sie morgen, wie sie hineintrat zu ihm in einen Raum, welchen er um sich gestellt hatte und der sie ausschloß, daß seine Finger sie fortschoben. Wohl kämpfte er gegen seine Ablehnung, und häufig siegte er. Sie verlangte, daß er unverschleiert, ohne Hemmung, voll aufnehmend sie erblicke. Aber er betrachtete sie am liebsten verstohlen. Wohl fing Lippstock an, im Hause Rothmond die Umrisse, die ein Zusammenleben überhaupt nur möglich machen, zu sehen. Er ehrte sie bereits dem Schwiegervater gegenüber. Aber dem eigenen Weibe gegenüber versagte er noch oft. Hob sich Johanna ihm entgegen wie im März die gelbe Faust der Schlüsselblume aus den schlaffen Blättern, voll Wollust, ihre Kraft aufzugeben und in seine hineinzutun, dann kam' nicht das Entzücken, das ihm die Entfernte, in der Entfernung kräftig Gezeichnete, erregte, und sie brach in ein enttäuschtes Weinen aus. Gerade das aber jagte ihn aus der Stätte seines Traums, der immer dichter um ihn wuchs, und hatte er sie dann auch beruhigt, so stürmte er unhaltbar in seinen Traum zurück, nur tiefer bewegt, dessen Lippen möchten sich ihm inzwischen verschlossen haben.

Oft betrachtete Michael den Schwiegervater, abwartend, ruhig abschätzend, was zwischen Virgil und ihm selbst lag. Virgil hielt über dem Geschehen seiner Umgebung ein Luftschloß hoch, dessen Mauern aber Quadern aus Granit waren. Da war nichts imstande, auszuhöhlen und abzutragen. Vergebens stellte sich Biertümpel darunter, sammelte mit langen, mageren Armen Ziegelsteine auf und warf sie, wobei er vor wütendem Gebrüll fast umfiel, dagegen: sie fielen zurück und zersplitterten in rotem Staub am Boden, und Virgil schaute wie immer von seinem Fenster aus ruhig auf den Rasenden hernieder. Und Nathanael? Nathanael suchte in seinem Leben nach einer großen Möglichkeit, sein Wollen anzubringen. Er hatte ein Verlangen, hoch genug zu kommen, um die Äcker und Wiesen der Menschen in abgegrenzten, reinlich bunten Karrees und Rechtecken über die Hügel laufen zu sehen. Sein Wollen warf Funken; er wollte Erwecker und Lichtbringer sein, er wollte daher auch gern das Außerordentliche, sah es, wo es nicht war, und feierte es mit strahlenden Worten, die nicht sein Eigentum waren, die sein Anrecht auf sich nicht anerkannten. Als sie bei Tisch saßen, zitierte Nathanael eine Stelle aus einem Briefe, den ihm eine junge Bekannte geschrieben hatte. Diese war verlobt gewesen mit einem jungen Manne, der während der Verlobungszeit starb. Die Stelle wurde von Nathanael mit schönrednerischem Ausdruck zitiert, nachdem er einleitend bemerkt hatte, was für herrliche Gedanken die Schreiberin, und daß sie sie offenbar aus sich selbst habe. Sie lauteten „Wenn ich an die Tage denke, wo ich bei ihm saß, möchte ich, die noch kommen, wie Federn in die Hand nehmen und fortblasen". „Wundervoll", sagte Nathanael, mit dem Ton auf der dritten Silbe des Wortes. Lippstock suchte schnell darüber hinwegzukommen. Im Grunde ihrer Freundschaft saß ein Körnlein Feindseligkeit. Für Michael war dies Vergreifen Nathanaels quälend. Wo Nathanael tüchtig war, wollte er nicht mängeln. Und nur mittelbar mußte er Nathanael mitteilen, daß er besser um diese Dinge wisse, besser als der Schwager, der seinerseits Lippstock, wo er ging und, ohne daß er es helfen konnte, glühte, mit leise kritisierendem Spott zu treffen wußte. Doch hier war Nathanael der Geschlagene: das konnte sich Lippstock unmöglich verhehlen, und Johanna bestätigte das. Sie bedauerte den Bruder, dessen Tüchtigkeit sonst sie bewunderte.

Michael Lippstock erfuhr viel in dieser Umgebung. Sie machte ihn auch weich und offen. Gerade an Nathanaels bitteren Ausfällen gegen das öde Beharren Grünkorns, dessen kleinliche Vereitelungen seiner eigenen, energischen und echten Bemühungen in der Gemeinde zu Süsel, wuchs Michael seltsamerweise. Sie war einerseits leicht für ihn, diese Haltung; aber sie war doch auch sein Werk; eine Heiterkeit raunte in ihm auf, suchte sich Kanäle und durchgoß sein Gehaben und sein Tun. Die Flammen in ihm hatten bisher meist nur Rauch geliefert. Nun stiegen sie oft als eine heiße, helle Süßigkeit wie in ganz kühler, durch Leiden rein gewordener Herbstluft, von der Farbe weißlichroten Blutes, auf. Er glaubte auf Erfolg rechnen zu dürfen. Die Möglichkeit der Entferntheit, die ihm das Mitleben und die Anteilnahme besonders an Nathanael erwirkte, färbte auf den Blick ab, den er auf alles, auch draußen, warf.

Dieser Blick wurde mächtig, umfassend und genau. Es war ein gefährliches Frühjahr gewesen. Die Buchen waren von scharfem Frost überrascht, die zarten Spitzen nachts überfallen worden. Wenn die Sonne schien, wurden die gefrorenen Häutchen schwammig. Lebendiges barg sich neben und hinter Totem. Aber die Buchen arbeiteten durch die Leichen hindurch weiter, sie stießen sie sachte herunter, und obwohl einige noch tagelang mitleiderregend neben den neuen Versuchen starrten, spann der Eltern Mühe erfolgreich weiter. Lippstocks Blick dachte ihr Mühen zu Ende. Sie schwirrten den Sommer lang und glühten und übernahmen sich nicht, so geeinigt waren sie in sich. Und er nahm den Herbst voraus. Ein Schmerz wühlte in den Eingeweiden der Bäume, erst leiser, dann lauter. Ein zeckenartiger Ausschlag befiel die Blätter; sie drehten und quälten sich. Da dämmte Michael die Gewalt seines Blickes ein und rannte beglückt nach Hause.

Ihm war, als baue er an einer Reihe von Gestalten, die sich behausten und bleiben wollten. Er stellte sie in dem langen und hohen Raum auf, der die vordere rechte Hälfte des oberen Stockwerkes einnahm und Virgil früher als Konfirmationssaal gedient hatte. Er war leer, seine dunkel gebohnerte Diele glänzte. Nur ein Stehpult stand an der einen Wand. An den beiden bis zur Erde reichenden Fenstern hingen keine Gardinen, meistens war es von einer angenehmen Kühle erfüllt. Hier sammelten sich die Gestalten, an denen Lippstocks Verlangen baute. Als wolle er sie erproben, schickte er Johanna zu ihnen hinein. Es sollte der Raum sein, in welchem wie in einer Meierei die gewonnene Butter in Satten aufgestellt und reif wird. Johanna mußte hineingehen und zu den Versammelten sprechen. Sie sollte sie aufrufen, sich gegen ihre unwiderstehliche Kraft zu bewähren. Sie sollte sich gegen das Fenster stellen, ihre Arme wagerecht mit dem Kreuz breiten und ihnen zeigen, wie durch ihre gespreizten Finger das Blut pulste, und diejenige Gestalt, die davor zerbrach, war als unwert zu befinden und wurde zerstampft. Und wenn Michael allein war, ging er selbst hinein und versuchte, auch wenn er langsam war und müde und verzweifelt, ob sie aus Glut und Brut stammten.

Er fand, daß die Erprobungen, bei denen Johanna half, Annäherungen an das Reine, Notwendige und Befreite und daß sie das Dauerhafte waren auch in seinem Verhältnis zu ihr. Sie spürte es auch als edeles Geschenk, als einen Kranz aus strengen Blättern, und sie trug ihn erhoben.

So suchten sich beide in ihrem Dasein zu behaupten.

Der Hochsommer schwand. Auf der jenseitigen Seite des Baches, der durch die Wiesen hinter dem Diakonushaus eilte, stand auf einer Leiter ein Mann in grauem Jackett, mit glattrasiertem Gesicht, eine Zigarre im Munde, und sägte Erlenzweige ab. Er trug einen bequemen Ausdruck im Gesicht und musterte gelassen, was seinem Schneiden herhalten sollte. Es durchfuhr Lippstock, als er vorbeiging und im Grase schon Äste mit großen wunden hochorangegelben Schnittstellen liegen sah. Voll Bewegung bückte er sich und stopfte eine Wasserampferpflanze, deren Wurzeln bloß gespült waren, fester in den Boden zurück. Über ruhige und dichte Wolken fuhren dünnere und leichtere hastig dahin.

Johanna Lippstock war auf einige Tage zu einer Freundin gefahren, und Michael, von niemandem beansprucht, hatte sich ganz fest auf sich selber zurückgezogen. Seine Augen sammelten die Strahlen, die zwischen Morgen und Abend lebten. Er hatte zwei Statuen gemacht, einen Mann und eine Frau, die aufeinander zuschritten, darstellend. An einem Punkte zwischen ihnen fand eine Fusion ihrer Blicke statt, und dieses Punktes wegen waren die beiden Gestalten gebildet. Der Kuß von Liebenden bleibt in der Luft stehen als ein roter Fleck in der Mitte des Weges, so sollte der Beschauer von den beiden Figuren abirren auf jene Vereinigungsstelle. Und jene Stelle fest zu machen, sammelte Michael, was auf der Erde war, mit unverdrossener Miene. Er kam nach Hause vom Wandeln durch den schwindenden Sommer, der seine dringlichsten Bitten erfüllte, klinkte die Hoftür auf, um nicht erst vorne klingeln zu müssen, sah noch in der leicht andrängenden Dämmerung den Ammerdahn vergnüglich Holz hacken und ging in den Garten. Auf Johannas Beeten hockten die Zinnien wie eine Schar bunter Tauben, die einander den Hals krauen, freundschaftlich im Sande. Lippstock ging in sein Zimmer hinauf. Er schritt auf und ab. Da fiel sein Blick auf die Straße, und er sah, wie jemand am Bekanntmachungsbrett des Gemeindevorstehers eilig einen fußbreiten, mennigroten Zettel anklebte. Er stürzte die Treppe herunter auf die Straße und las mit jähem Schreck die in großen Buchstaben aufgedruckten Worte: Mobilmachung.

Zitternd ging Lippstock wieder ins Zimmer, setzte sich, suchte dann seinen Militärpaß und las die für den Landsturm geltenden Bestimmungen durch. Er vermied es, mit jemand zu sprechen, und ging zu Bette, warf sich gequält umher und schlief erst gegen Morgen. Er erwachte, schob mit Gewalt die sofort aufsteigende Besinnung auf das Gelesene zurück und versuchte, sich zu beruhigen. Durch das Fenster sah er die Erlenblätter treu und tapfer glänzen. Und dann ging er in den alten Konfirmationssaal, zog die mit langen braunen Stäben gemusterten Vorhänge zurück, die er sich der veränderlichen Lichtwirkung wegen von Johanna hatte machen lassen, und als er mit scheuer Hoffnung seine Gruppe musterte, erschien wie ein festgeschliffenes, in von allen Seiten gleich stark wehendem Luftzug schwebend erhaltenes Buchenblatt die gesuchte Stelle vor seinen Augen. Von einer göttlich süßen Beruhigung, von einer schrecklichen Angst erfüllt, zündete sein Denken, wohin er traf, gleich einem Brandstifter Schober auf Schober. Plan auf Plan zischte hervor, ihn mit heißen Wohltaten berührend. „Schöne Schmetterlinge schlüpfen ja auch am sichersten in zerfallenden Bäumen aus!" sagte er vor sich hin. Er zog den Vorhang zu: in der hellen Sonne saß jetzt neben dem ersten Papier ein großer Anschlag. Darauf wurde dem unausgebildeten Landsturm eine Stellung erst nach dem einundzwanzigsten Tage der gesamten Mobilmachung anbefohlen.

Johanna kam schnell zurück und hielt ihren Mann in den Armen. Sie beruhigte ihn und flehte ihn um ihrer und seiner Seligkeit willen an, abzuwarten. Aber Michael war fassungslos. Der Morgen fand ihn ruhig. Er ließ den Schwiegervater, auch auf Johannas Wunsch, nichts merken. Virgil blieb besonnen. Zwei Pastoren aus der Nachbarschaft belagerten ihn mit dem Ansinnen, Tag und Nacht die Glocken läuten zu lassen. Virgil erklärte, er hielte eine solche Vermehrung der Aufregung für Verrücktheit und wies sie ab. In ironischem Ton berichtete er bei Tisch von dem Vorkommnis. Lippstock beherrschte sich und zollte Virgil Beifall. Am Nachmittage brach wieder die Angst ungezügelt hervor, und Johanna war ratlos. Sie überredete ihn, auszugehen. Und dann ging es besser. In der Einöde war es Michael, als opfere er seinem Werk mit neun roten Hahnenkämmen und neun Pfauenaugen. Noch standen die Bäume unerschüttert. Ihre Rinde rollte sich wie zuvor, und Michael nahm von ihrer Gnade soviel sie gaben. Er besann sich auf das Erreichte. Eine ganz hohe Freude schritt, still und sicher, neben ihm. Von Feinden umstellt, schwand sie, dünn und krüppelig, schwand vor dem Verbrecher, den seine Tat abschließt gegen den Zwang der Welt. Die Wolken ließen blaue Tücher wie Fahnen herunter, in die sie wie eine Schiffsmannschaft den auf hoher See Gestorbenen ihn einhüllten und versenkten. Eine Erleichterung umstrich ihn wie ein warmer Hauch. In der Nacht aber fielen seine Hoffnungen wieder zusammen und wie ein Aschenhaufen lag er, dunkel im Dunkeln.

So ging es fort. Er magerte sehr ab. Johanna sann auf Worte, ihm zu helfen. Der Vormittag rupfte ihn unbarmherzig. Vom Mittag ab wuchs er allmählich wieder zusammen. Seine Gelenke schwindelten und tasteten wie Ranken, die ihre zarten Füße ausstrecken nach der Unterlage, die ihnen genommen ist. Zuweilen nahm er brausend zu. Mit ruchloser Gewalt bemächtigte sich dann seiner, um was er stets gerungen, und wie der Duft aller Lilien, die ein Gärtner je gezogen, kämpfte es in ihn hinein. Dann erschrak Johanna vor seinem Gesicht, das weißdrohend ihr unfaßbar wurde.

Eines schönen klaren Nachmittags gegen Ende August lief er über die Stoppelfelder von Willinghusen, einem langgestreckten, in Uhakenform angelegten Dorfe, das als äußerstes noch zu Rothmonds Bezirk gehörte. Die besorgten Bauern hatten auch den Hafer schon eingeholt. Krauseminze wuchs jetzt auf der gebrochenen Erde, von der Sonne noch freigiebig gefüttert. Michael vergaß, um was er sich sorgte. Ein langes blasses Blatt lag vor ihm. Es lag mit dem Gesicht auf der Erde. Eine hohl gewölbte rote Mittelrippe durchzog es wie ein menschliches Rückgrat. Er dachte nicht, wer er war und wo er war. Sein Gehirn rutschte in den haltenden Kopfwänden hin und her. Sein Schädel war ein Holzkäfig voll Lerchen, die sich müde getrippelt hatten und nur noch eins konnten: singen. Sie sangen der kommenden Dunkelheit entgegen. Und Lippstock setzte sich auf einen Stein und war der Sänger und war der Zuhörer. Er stand auf, und nichts störte die Lerchen in ihrem Gesange. Er suchte den Weg nach Hause. Ein Eichhörnchen ritt auf einem langsamen Wind, der sanft über den Weg trollte. Leise Mäusestimmen riefen von rechts und links, als wenn sie Lippstocks Kommen ankündeten. Sterne erschienen undeutlich. Wie Hühner auf einer Stange rückten sie näher aneinander, plusterten sich auf und von ihrem Gefieder fielen Sternschnuppen. Die Nacht nahm ihn in den Mund. Ihre Kinnbacken mahlten. Eine mühelose Kraft trug ihn, und er trug sie. Stumm glänzend kam er an und ging er schlafen. Erleichtert bemerkte Johanna seine Ruhe. Sie benutzte den Abend, Briefe zu schreiben und für Nathanael, der am folgenden Tage erwartet wurde, ein Zimmer zurecht zu machen.

Was Johanna Michael oft erwidert hatte, er dürfe nicht so viel Schicksal vorausbereiten, nicht so viel verhindern wollen, schienen die zwei nächsten Tage zu gewähren. Als einen Wagen, von einem spielenden Kinde gezogen, fühlte sich Michael, mit sanfter Bewegung gedrängt. Die nach dem zweiten, letzten Schnitt getürmten Heudiemen lockten ihn, sich einzuwühlen wie ein Hamster und darin zu bleiben, in einem beständigen Gespräch mit der krümeligen Erde, dem sickernden Regen, dem runden Tau. Johanna und er sprachen miteinander als wäre nichts geschehen. Die Birnen am Hühnerstall wurden launig und sollten gepflückt werden. Der Ammerdahn sollte einen neuen Anzug bekommen. Lippstock sprach von seinen Ideen über den Unterricht, Johanna von ihren Erlebnissen in der Volksschule.

Nathanael kam, lächelnd, aber erregt. Er hatte in Süsel sofort, was zu organisieren war, in die Hand genommen. Die Frauen der Kriegsteilnehmer sollten an den Abenden zusammensitzen und Winterzeug für ihre Kinder nähen. Die Gemeindeschwester hatte er bereits zur Aufsicht gewonnen. Aber Pastor Grünkorn war wieder dazwischen gefahren und hatte Nathanaels beste Überlegungen in seine fleischigen Hände genommen. „Ich kann euch nicht sagen, wie erleichtert ich bin, aus dem Neste fort zu sein,“

rief er Schwester und Schwager zu. Am nächsten Morgen stellte er sich auf dem Bezirkskommando zur Verfügung und wurde gleich zur Rekrutenausbildung bestellt. Er stand gerade an der Jahresgrenze, die den Übertritt zum Landsturm bewirkt, und mußte vorläufig mit einer alten Uniformgarnitur fürlieb nehmen. Sehr zu seinem Kummer, präsentierte er sich in einer flatternden, weiten Drillichhose. Der alte Virgil aber war viel zu zufrieden mit seinem stattlichen Sohne, als daß er sich nicht das Geld zu einer stilgerechten Ausrüstung abbitten ließ. Im Beisein des Vaters und Johannas war Nathanael aufgeräumt und vergnügt. Nur als er eines Mittags nach dem Essen allein mit Lippstock in der Stube saß und Michael äußerte, der Schwager brauche doch wohl nicht an die Front, kam ein Schatten, und Nathanael sagte: „Ja, mein bester Junge, zuletzt schicken sie mich doch mit hinaus!" Und Lippstock hätte auf ein Haar auch äußerlich die Fassung verloren. Johanna trat ein, und Nathanael diskutierte mit der Schwester, ob er sich seinen Kinn- und Backenbart abnehmen lassen solle. Virgil, der mit der Pfeife im Munde herzukam, protestierte ärgerlich. „Aber es gibt keinen diensttuenden Vizefeldwebel mit Vollbart," rief Nathanael, und Johanna redete ihm zu. „So — die Hauptsache ist, daß zu Hause das Kleinste in Ordnung ist. Ich habe die Kirchenbücher revidiert und nachgeführt bis zu dem Augenblick, wo mein Urlaub beginnt. Wer aufschließt, findet alles. Elise bleibt erst noch in Süsel, später kann sie zu den Eltern."

Und Lippstock flüchtete mit seinem Gram nach oben und erblich aufs neue. Die Nachmittagssonne füllte das ganze Diakonushaus mit lauter schwingenden kleinen funkelnden Stäbchen. Johanna hatte eine Kiste mit Obst gepackt für eine arme Verwandte, und während Lippstock untätig, festgeschnürt dastand, tanzte Nathanael die Treppe herauf, den Werkzeugkasten in der Hand. Es war zu verstehen, wenn einige Leute ihn hochmütig und arrogant fanden. Aber wie er auf dem Fußboden kniete, die Kistenecke zwischen die Knie nahm und sicher Nagel auf Nagel einschlug, von der Abendsonne beleuchtet, zog es Lippstock zu ihm hin. Er fühlte, wie jeder in sich fest gearbeitet war und dem anderen zuliebe nicht aus sich herauskam. Nathanael mit seinem Buchsbaumherzen fand sich nicht mit sich selbst ab. Er war fremder auf der Erde als Michael. Und dieser freute sich, daß er mit ihm hatte zusammen sein können. Es lag im Grunde beider ein Same Abneigung gegeneinander, aber sie hatten es beide im ganzen doch gut verstanden, diesen kleinen Samen in Freundlichkeit zu hüllen. Wie es sich bei Rothmond in kategorischen Selbstverständlichkeiten entlädt, so wird er brennen als hartes Licht, dachte Lippstock. Und so waren sie herzlich, Nathanael heiter herzlich, Michael hastig herzlich zueinander, zumal wenn kein Dritter nahe war.

Mit den ihm zum Einexerzieren überlieferten Rekruten bezog Nathanael zwei Wochen später einen etliche Bahnstationen entfernten Truppenübungsplatz.

Der Herbsttag, an dem endlich Lippstock sich zur Musterung und Aushebung begab, war schon in der Frühe schön. Schon kauerten die weißen, eben erst erwachten Wolken wie Federmotten am Rande einer blauen Enzianblüte, in die sie ihre Fühler saugend tauchten. Aber für Lippstock saß in diesem Tage der Wurm. Mit schwerer Besorgnis ging er. Er hatte vorgebaut. In der Dämmerung gestern war er in den Steinhalden bei der bankrotten, verfallenen kleinen Zementfabrik am Wege nach Willinghusen herumgeklettert auf der Suche nach Digitalisstauden. Er wußte, daß die jungen Blätter ein Herzgift enthalten. Wie es wirkt, hatte er aus keinem Buche herauslesen können. Die Stauden waren schon verblüht, aber frische Blätter fand er genug: er hatte sie hinter Johannas Rücken in die Tasche seines guten Rockes gestopft. Er hoffte, daß nach dem Genusse der Blätter Stockungen des Herzschlages eintreten würden, und daß ihm dies neben seiner Aufregung bei der Untersuchung zu Nutzen kommen werde. Unterwegs steckte er in Zwischenräumen von den Blättern in den Mund. Das Kauen verursachte ihm Übelkeit, aber er würgte den Blätterbrei hinunter.

Die Musterung der Landsturmpflichtigen fand im großen Saale des Rüsterkruges statt. Schon quoll es dort hinein und heraus. „Sie nehmen alle, auch die mit Brüchen!" rief ein breitlippiger Bauer. Lippstock ließ sich in einer der dichtbesetzten, vollgequalmten Gaststuben im Vorderraum des großen Wirtshauses nieder, vergebens bemüht, seine Umgebung zu erkennen und ihr ein teilnehmendes Auge zu schenken. Die Stadtbewohner waren bereits an den beiden vorhergehenden Tagen erledigt worden, heute betraf es den Landkreis. Es waren meist unansehnliche Gestalten, die trinkend und rauchend und laut redend herumsaßen und warteten, bis ihr Jahrgang aufgerufen wurde. Lippstock wurde erst gegen Mittag in den großen Tanzsaal gefordert, der den nach hinten liegenden Gebäudeteil einnahm. Er kannte den Raum. Im vergangenen Oktober hatte er hier mit Johanna gesessen. Seine Decke war mit mythologischen Figuren in verblichenen Farben bedeckt; oben lief eine hölzerne Galerie herum, an der vorderen Schmalseite war eine Bühne. Der Saal hatte damals, als Johanna und er einem lächerlich armen und ungeschickten Konzert einer reisenden Kapelle zugehört hatten, eine behagliche und anmutige Stille verbreitet. Der Gegensatz des Heute zu dem Damals peinigte bis zur Erstarrung. Er sträubte sich gegen die Menge der übrigen Landsturmpflichtigen, die nun, in Wirbel von Staub gehüllt, von zwei langen Gendarmeriewachtmeistern hin- und herkommandiert wurden. Diese saßen an einem kleinen Tisch in der Mitte. Sie trugen braune, von grünen Litzen eingefaßte Litewken und behandelten die Auszumusternden mit Lärm und Gewalt. Der eine schien aus sich heraus roh; der andere, gutmütiger, glaubte seiner Bedeutung nicht gerecht zu werden, wenn er nicht noch rücksichtsloser und brüsker als sein Kollege die Leute anschrie. „Nehmt eure Hüte mit, ich habe keine Lust, euch das tausendmal zu sagen!" rief der mit den kleinen Augen. „Meint ihr, ich habe meine Zeit gestohlen? Stellt euch zwei Meter von mir entfernt auf. Zieht euren Schein raus, nennt euren Namen, wenn ich ihn aufrufe, tretet vor und legt den Schein hierher, hier auf diese Stelle des Tisches!" Jeder bekam nach Abgabe seines Scheines einen Papierzettel, auf dem Jahrgang und eine Nummer verzeichnet war. Sobald der Jahrgang so abnotiert war, mußte er sich in Reih und Glied aufstellen und warten, warten. Dann ging er eine enge Treppe hinauf. Hier befahl ein alter, grämlicher Wachtmeister denjenigen, die einen Schaden hätten, sich so weit auszukleiden, daß man den Fehler untersuchen könne. Mit einem verzweifelten Entschluß legte Lippstock Kragen und Rock ab. Einer wurde jetzt nach dem anderen durch eine Tür in das Untersuchungszimmer nebenan geschoben. An der vordersten Ecke eines langen Tisches saß ein Major, ein ungefüger, klotziger Mann mit rotem Gesicht. Vor ihm stehend, machte die Untersuchung ein alter, sich in seiner Wichtigkeit wiegender Sanitätsrat. Vor Lippstock kam ein Viehfütterer, ein gutmütiger, verlegener Bursche, an die Reihe. Der Sanitätsrat hub seine dürftigen Fragen an, die offenbar der müde Rest von anfänglich gewissenhaften Bemühungen waren: „Sind Sie gesund? Können Sie sehen? Hören? Sonst was?" „Ich habe ein zu kurzes Bein," sagte der Viehfütterer. „Da gehn Sie mal." Ein höhnisches Gelächter des Sanitätsrats erfolgte, als das Verlangte geschehen war. „Train! Ab! Haben Sie gesehn, wie der Kerl das Bein anzog?" fragte er Lippstock als den Nächsten. Lippstock hatte zugesehen und war überzeugt, daß das Bein wirklich zu kurz war, aber dem Sanitätsrat war seine eigene Schlauheit zu lieb, als daß er sie nicht hätte demonstrieren sollen. Er richtete an Lippstock, der ihn zag ansah, dieselben Fragen. „Ich habe einen Herzfehler," brachte Lippstock heraus. Der Sanitätsrat horchte an ihm herum. „Ne, einen Herzfehler haben Sie nicht." „Eine Lebensversicherung habe ich aber nicht bekommen können," behauptete Lippstock leise. „Haben Sie mal Rheumatismus gehabt?" „Ja." „Wann?" „Vor zwei Jahren." „Tauglich sonst!" erklang die Stimme des Arztes unerschütterlich und geschäftsmäßig. Der Bataillonsschreiber, welcher in einer weißen Jacke neben dem Major saß und mit herausquellenden Bulldoggenaugen kühl und verächtlich dem Geschäft zusah, händigte Michael seinen Zettel ein und bedeutete ihm mit Schulterziehen, abzutreten. Wie nicht im Besitze seiner natürlichen Kräfte zog sich Lippstock an, halb etwas Gutes aus dem „Tauglich sonst" herausriechend, erkundigte sich höflich bei dem vor der Tür des Untersuchungszimmers sitzenden Wachtmeister, was „tauglich sonst" bedeute, und bekam zur Antwort: „Weiß ich nicht. Tauglich sonst – hab ich noch nie gehört," mischte sich wieder in die Menge und wartete auf die Herausgabe seines Passes. Er war todmüde. Seit er von Hause fort war, hatte er sich nicht entschließen können, etwas zu essen. Mit zuckenden Knien saß er auf dem Holzvorsprung der Bühne und beobachtete, wie vor ihm in einer Saalecke eine Gruppe der allerkümmerlichsten Männer als „untauglich" abgefertigt wurde. Jetzt war man am Anfange seines Jahrganges. Um den ausrufenden Wachtmeister ballte sich der Schwarm wie eine Koppel Hunde. Lippstock rief eine Nummer zu früh sein „Hier!" und wurde angefaucht: „Hat ne Brille und kann doch nicht sehn." Er bekam dann seinen Paß und las erstaunt, daß hier mit Bleistift vermerkt war: „C I. Vorläufig zurückgestellt hinter die letzte Jahresklasse seines Aufgebots."

Michael stand, langsam schluckend, sich auf seine veränderte Lage besinnend, die noch bis an den Hals in die alte gehüllt war, im hellen Sonnenschein auf der Straße, die weiß wie im Sommer war. Er sah sich erstaunt die dürftigen Läden an und betupfte wie nachschmeckend die staubigen Pflastersteine mit seinen Sohlen. Wie reife Weintrauben schlüpfte ihm die warme Luft in die Brust. Er wollte gerade schleunig weitergehen, um jeden Atemzug auszukosten, da gesellte sich Dellenbusch zu ihm, ein junger Kantor, der in Virgils Kirche häufig die Orgel spielte. Lippstock hätte schon am Morgen gemeinsam mit Dellenbusch zur Musterung gehen können, zumal ihn dieser dazu aufgefordert hatte. Aber Lippstock war hinweggeflohen, denn bei dem Mahle, an welchem er von seiner tiefen Bedrängnis zehrte, mußte er unbedingt allein sein. Jetzt war es überstanden, und Michael hegte seine Freude wie ein empfindliches, eben geborenes Tier unter der Jacke, als er mit Dellenbusch den Heimweg antrat. Dellenbusch war ein zarter und feiner Mensch, befangen in seiner Musik, von der er nur Bach kannte, jünger als Lippstock und doch mit seinen großen braunen Augen in einem hageren Gesicht, aus dem die Backenknochen hervorsprangen, weit weniger hilflos und schneller entschlossen. Er sagte jetzt melancholisch-trotzig: „Ich bin zur Infanterie genommen. Ist mir gar nicht recht. Mit fünfzig Pfund auf dem Rücken sechzig Kilometer laufen, das halt ich nicht aus!" Er sagte das mit dem Gefühl der Nutzlosigkeit eines Protestes. Dabei wühlte er jedoch, anders als Lippstock, wie ein Maler mit dem Pinsel in einer noch nicht ausprobierten Farbenmischung mit seinen Gedanken neugierig und gespannt in der Aussicht, Soldat zu werden, herum. Lippstock ging auf seine Frage, wie es ihm ergangen sei, hinweg und lenkte, seine Erregung verbergend, das Gespräch auf anderes, um nur ja nicht sich selber, seine Ängste und sein Entrinnen von Dellenbusch beleuchtet zu haben. Er fragte voll jähen Interesses nach Dellenbuschens Musik, stand ab und zu still und zog die Herbstluft ein wie ein Hengst, der die Lippen von den Zähnen schiebt beim Nahen einer Stute. Unternehmungslustig bestellte er für Dellenbusch und sich Essen in einem Bauernhof, vor dem ein Tisch mit Stühlen stand. Das war die erste Handlung, mit der er Besitz von der wiedergeschenkten Welt nahm. Sie wischten sich den Schweiß von der Stirn und setzten sich. Lippstock betrachtete die Hühner, als hätte er noch nie welche gesehen. Ein praller, brauner Hahn trat eine mit allen Federn zischende weiße Henne. Lippstock verlor das, dabei immerzu auf Dellenbusch einredend, nicht aus den Augen. Er bezahlte für beide. Johanna kam ihnen entgegen. Sie war schlank geworden: in ihrem roten gestrickten Wams rauschte sie wie ein Bündel Ebereschenbeeren die Chaussee entlang. Unauffällig heiter berichtete ihr Lippstock das Resultat. Sie sagte leise, sie hätte gewußt, daß es gut gehen würde. Es war, als hätte jemand in die Schweinsblase, in die alles gesperrt gewesen war, ein Loch geschlagen, und in den Schlund der darin sterbenden Wesen ergösse sich jetzt ein gefeiter Atem von fernen, heilenden Horizonten. Die Kühe gaben wieder so viel Milch wie vor dem Ausbruch des Krieges; sie ließ sich zu einer Zauberspeise buttern; auf ihren hohlen Hörnern blies es sich wie auf Flöten, den Weibern saßen die Kleider gespannt und in ihrem Nacken lag das Haar wie Eidechsenbrut in einer weißen Sandgrube.

Die Gatten saßen in Lippstocks Zimmer. Er war stumm vor Erschöpfung. Johanna sprach schnell und viel von dem, was sie tun wollten, um diesen glücklichen Ausfall zu „verdienen".

Am Abend gingen sie eingehakt durch den Garten. Wieder aufgeblüht am dritten Tag, wurde er überwachsen von der Erinnerung an Johannas Gehen am Musterungstage auf der Chaussee, ihm entgegen. Als sie nebeneinander lagen, begann der rote Mond, der wie eine überjährige, satte Kastanie auf einer wolligen Wolkendecke lag, zu keimen. Er platzte, und mit zwei Keimblättern, dem Laufe der Natur gemäß, stieg ein zweiter zartroter Mond heraus, breitete die Keimblätter wie Flügel aus, stieg in Kreisen wie ein Bussard hoch hinauf und blieb dann im Osten hängen. Die Leute liefen vor die Tür, deuteten auf das zweite Gestirn und sagten, das sei das Kriegszeichen.

Der Krieg aber zog an der Decke, die über der Erde lag. Der Zimmermann und Landwehrmann Gutherz, der an Frau und Kindern hing, kam verwundet zurück, sah Frau und Kinder nicht mehr an und drängte wieder hinaus. Der Schuster von Gießhäubel, Kaja Hefer, hatte eine

Kugel in die Lunge erhalten, hustete herum, beeilte sich aber, zu heilen und den Dienst wieder aufzunehmen. Junge und alte Männer starben begeistert. Die Flut war nicht zu dämmen. Michael bemerkte es mit versteinertem Entsetzen. Es schröpfte ihm die Adern. Er bekam Kongestionen. Sie erreichten ihre Höhe mit der Mittagsstunde. Von da ab fuhren die zerrissenen Bogenhälften summend wieder zusammen. Und Michael vertauschte sich mit den Lebewesen, die er kannte, und versuchte, mit und ohne Erfolg, ihre Umrisse in sich nachzuzeichnen. Er war die Tür, die sich in den Angeln dreht, stets zur rechten Zeit mit Öl geschmiert, damit sie Leute und Dinge zu ihren Ämtern und Posten durchließ. Er wuchs zusammen zu einem kreisrunden Brett, auf dem eine Reihe kleiner Kugeln durcheinander quirlten. Sie liefen wie Tiere jede ihre besondere Bahn. Der Basaltfelsen an der Wegscheide zwischen Willingshusen und Glockenhäubel ragte grau und matt in den stillen Abend. Nirgends gab es Gebärden. Die Landschaft schämte sich eines Ausdruckes wie ein Protestant, dem schon das Zusammenlegen der Hände beim Gebet nicht recht ist. Und doch besetzte sich der grobe Fels im Frühling mit weißen Spitzen, die aus seinen Rissen drangen. Die Wurzeln der alten Weidenbäume am Bache flimmerten zersplissen wie rote Fischflossen im Wasser. Ein Klumpen von Schafrücken drängte vorbei. Johanna brachte sie in den Stall. Seiner Gattin hohe Brüste waren Vogelnester voll geöffneter Schnäbel. Bevor sie sich geheiratet hatten, hatte Johanna zu Michael gesagt, sie lebe nicht gern. „Jetzt habe ich dich," hatte sie gesagt, als er sie später daran erinnerte. Ihr Tun und ihr Denken widersprachen sich. Wenn jemand es konnte, dann vermehrte sie mit ihrem wandlungsfähigen, idyllischen Körper den Sinn der Erde. Sie schritt mit durch die Tür, die er war, die er offenhielt. Er war der Geschichtschreiber der Natur. Brachen seine Augen, so brachen ihre. Sie war die große grünschillernde Farbenkugel, die sich still und gemessen drehte. Knickte er ab, so hörte sie auf. Das Feld war ihre Nase, in ihren Nüstern gruben sich die Mäuse lange Kanäle: ihre Nasenflügel spannten sich anders jeden Tag. Über ihre Wangen ruderten die Scherben des ersten Stareneies und die letzte Mauserfeder der Weihe. Daraus riß er sich ein Zeichen, daran erkannte er sich. Ihre Buchenecker waren die Knöpfe seines Rockes, und ihr Bärlapp war sein Haar . . .

Doch wenn es kahl wurde, wenn es kalt wurde, wenn der frühe Novemberschnee fiel und die Lärchen ihre gelben Nadeln in die weiße Schicht preßten, begegnete Michael seiner Feindin. Ihr Gesicht, das immer der Ausdruck einer starren Feierlichkeit war, war ausgemergelt wie ihr Körper. Wenn sie still saß und lauschte, glich sie einer altdeutschen Madonna. Sie hieß Bibe und war eine nicht mehr junge Lehrerin an derselben Schule, an der Lippstock Johanna unterrichtet hatte. Ihr ganz aus dem Wege zu gehen, war Lippstock nicht gelungen. Das Schulgeschäft hatte sie öfters zusammengezwungen. Wohl streifte sie das Marienkind, das ihr an den Hals ihres grauen Kleides geflogen war, behutsam ab, einer theoretischen Liebe zu dem Lebenden zu Gefallen, aber wenn sie in der Konferenz sprach, laut und dringlich, erdrückte sie das Marienkind, das dann auf Michaels Lippen erschien, ohne Zögern. Im Eisstrom ihrer Rede erfror das zuckende Leben, und gerade dann, wenn ihre Worte das kühnste und ohne Weisung Verborgenste, Lichteste und Faserndünnste zu bezeichnen bestimmt waren. Sie verbog, was Lippstock äußern wollte, sie verabscheute und haßte ihn — das wußte Lippstock. Und er bekämpfte sie stumm, auch dann, wenn sie, als seine Vorstellung nur, die langen, schmalen, bleichen Finger zusammengelegt und diese wieder an den Unterarm, der sich an den Körper drängt, gezogen, wie eine schlafende Fledermaus, in seiner Stube hing. Zwischen Anna Bibe und dem Letzten war nichts. Sie verdammte die Schwärme, die zwischen ihr und dem Letzten voll froher Ungewißheit flogen und die Michael so gierig beobachtete. Sie spannte ihren zinnernen Bogen und erschoß diese Schwärme, und Lippstock fühlte, daß er verloren war, wenn er in ihre Gewalt geriet. Wenn er jetzt stürbe, könnten sich ihre und seine Begeisterung vermischen. Das war das Entsetzlichste. Sein Tod würde vergebens sein. Er ging die Wege, die ihr verborgen waren. Konnten sie sich aber nicht verfehlen, so rettete er sich vor ihr in Johannas Schoß. Und hinter Johanna stand der Ammerdahn. Und hinter dem Ammerdahn stand ein Flammenmeer, das er mit bloßen Füßen hütete.

Noch immer war das Wetter schön. Noch schlängelte sich ein blätterbestreuter Weg zwischen der belebten Gegenwart und dem unbekannten Ende. Aber das Grausen ließ sich nicht vertreiben. Es fiel aus den Bäumen und schlich sich in Lippstocks ruhigste Gedanken. Die Euter der Kühe, die ihm so gespannt gedünkt hatten, als er das Zimmer des Sanitätsrates und des Majors verlassen hatte, erschlafften, und die Wiesen hielten nicht mehr die Zeitlosen, sondern sie fielen aus wie kranke Zähne. Als er Johanna gefragt hatte, warum er denn eigentlich nicht mit in den Krieg müsse, hatte sie geantwortet: „Weil du zu anderem bestimmt bist," aber Lippstock rüttelte an dem Stabe, der nur eine große, schöne, offene, traurige Blume stützen konnte, und er zerbrach und die Blume fiel um.

Um die Mitte des Septembers langte eine Karte von Nathanael an, welche meldete, daß er mit seinen Rekruten nach Frankreich ausgerückt sei. Erschrocken setzte sich Lippstock neben Johanna auf die Chaiselongue. Und Johanna sagte: „Er kommt sicher nicht wieder. Es ist gut für ihn. Er ist ein unglücklicher Mensch. Er ist nicht auf der richtigen Bahn." Lippstock empfand beim ersten Hören diese Worte als eine Hilfe. Er setzte sich auf sie wie auf eine Reckstange, und bejahte sie eifrig, froh, einen Hohlraum zu füllen. Johannas Bemerkung hatte für den Augenblick seiner Unruhe einen Pfropfen aufgesetzt. Dann aber meinte er, daß es in Johanna zitternd weitergesprochen hatte, und er sagte es zu sich: „Nun kommt die Reihe an dich."

Hitzwelle flocht sich in Hitzwelle. Der abziehende Sommer warf sie, schon selber unsichtbar, als Kußhände noch aus der Ferne her. Michael saß oben und korrigierte die Aufsätze seiner ersten Klasse. Es war Nachmittag und drückend heiß. Lippstock stand auf: unerträglich gepeinigt. Er hob die Arme und verschlang die Hände über dem Kopf. Die Sonne überschwemmte den Raum wie ein Rauch und preßte ihn, preßte seinen Leib mit glitzernden Fingern, wie eine Tube von satten und dichten Farben, in denen das Zimmer ertrank. Aus den in Reihen auf dem Boden liegenden, ausgegrabenen braunen Schädeln gleichenden Tulpenzwiebeln keimten Funken, die Michaels weißen Leinenrock mit süßen Glasuren betupften. Treppauf und treppab lief er die Stufen des Gewesenen, auf jedem Treppenabsatz haltend. Wo ein Zimmer abzweigte, trat er ein, zog die Jalousien hoch, blies den Staub vom Tisch und ging sacht die Matten und Teppiche ab. Als er ans Fenster trat, sah er unten den Ammerdahn das allerletzte Gras mähen. Es war, als stände er auf einem tiefen Grunde und als sähe Michael wie durch eine Glasschicht auf ihn herunter. Der Ammerdahn mähte in Hemdsärmeln, die er noch dazu aufgestreift hatte, so daß seine dünnen Arme die Sonne ohne Schranken schluckten. Er muß einen Ausschlag haben! dachte Lippstock; seine Arme sehen so verbeult aus! Die Birnen hingen, staubig und gelbgrün, erfüllt an den rissigen Zweigen. Wenn die Korkschicht zerriß, die ihren Stengel an den Ast band, fiel sie herunter. Dort sollte sie liegen und faulen, wenn Johanna sie nicht fand, damit das Fruchtfleisch die Kerne freiließe, die dann in die Erde dringen könnten zu neuem Tun. Die Luft schien glücklich. Aber dann klang es wie ein leises Röcheln. Sie tat sich auf wie ein Lippenpaar und schloß sich wieder. Da sah der Ammerdahn plötzlich auf, und seine Augen trafen sich mit Lippstocks trübem Blick. Der Ammerdahn winkte vorsichtig. Und als Michael, abgerissen von sich selbst, auf den Gartenweg trat, machte ihn der Ammerdahn auf die schütternde Oberfläche des Rasens aufmerksam. Und beide beobachteten emsig, wie ein Maulwurf die Erde emporwarf.

Als Lippstock wieder ins Haus ging, brachte ihm Zissa die Zeitung. Er durchforschte eilig die letzten Meldungen und blieb dann bei der Bekanntmachung des Bezirkskommandos, nach welchem beim 16*. Infanterieregiment in Weinsdorf wieder Freiwillige eingestellt würden, und zwar sei auch die Einstellung von Angehörigen des unausgebildeten Landsturms zulässig. Und während die Erscheinungen Johannas, Nathanaels und des Ammerdahns in einem Pfauenfederlichte wie die Speichen eines Windfahnenrades sich pfeilschnell an seinem inneren Auge vorbeidrehten, sich alle drei an den Händen fassend und ihn dann, der in der Mitte stand, mit dringenden Bewegungen anredend, mühte er sich, den Entschluß zu fassen, sich bei dem genannten Regiment zu melden. Es sprengte ihm den Gaumen und verschluckte alles, wovon er bislang gezehrt hatte und noch immer zehrte, und doch war er noch weit entfernt, die gegnerische Macht, die ihn überschattete, zu ermessen, überhaupt anzuschauen und, sein entsetzliches Mühen zunächst wegstreckend, klopfte er bei Rothmond an, der gern mit dem Schwiegersohn plauderte, bis das Abendessen fertig war.

Von nun ab galt es, den Entschluß so lange zu kneten und zu härten, bis er gegen jede Lockerung gesichert war und er ihn Johanna kund tun konnte, ohne daß er in ihrer Bestürzung wieder zerschmelze. Am Nachmittage darauf flüchtete sich Michael auf das kleine, sonnige Stück Gemüseland hinter dem nicht mehr benützten Hühnerstall, wo der Ammerdahn besonders gern weilte. Dort saß Lippstock auf der Erdrinde nieder, die trocken und hart wie der Rücken eines braungebackenen Kommißbrotes war. Mitten in den Kohl- und den in Saat geschossenen Salatstauden stand eine verirrte Petunie. Und während Michael sie anstarrte, suchte er sich von den Erscheinungen, denen er bisher nachgegangen war, zu lösen. Aber sie sprachen mit leiser dringender Stimme zu ihm. Er versuchte die äußeren Formen des neuen Daseins auszumalen, stellte sich die Uniform vor, die er haben werde und zeichnete sich den Helm mit dem grauen Überzug und der Regimentsnummer darin im Sande auf. Doch die Zeichnung hielt nicht Stand. Dann dachte er an den braunen Karton, den er zum Einpacken der Zivilkleidung mitnehmen müsse, sobald er endgültig eingezogen wäre. Zahllosen Männern war er in den letzten Wochen begegnet, die einen solchen in der Hand zur Musterung gezogen waren. Aber mit dem Karton war er schon bei der äußersten ihm erreichbaren Wirklichkeit angelangt; er kehrte um, stand auf und lief den schmalen Weg hinunter, der zwischen dem Gemüseland und dem anderen Garten entlang führte und mit den Pollen von Malven gelb bepudert war. Und nun begann die Stimme der Petunie, die zuerst fromm gebeten hatte, immer dringender zu werden, immer leidenschaftlicher zu mahnen, bis sich zuletzt ein inbrünstiger Schrei aus den roten Blütenblättern löste und wie ein liebesgieriges Weib, das, zum Äußersten entschlossen, seine Kleider abwirft, auf ihn losstürzte, ihn umschlang und mit flehentlichen Küssen bedeckte. Die Schatten wurden länger und noch immer kniete die Überredung, die Arme um den regungslos Horchenden geschlungen. Ihr verbündete sich die in blauem Öl schwimmende Unsicherheit des abziehenden Tages, die ihre mausgrauen Arme auf die Beete legte, und ihr gesellte sich die Petunie, die wie eine Zitadelle von ihren höchsten Zinnen ein lockendes Feuer spie.

Johanna kam und suchte ihren Mann. „Michael, Michael!" klang ihr helles Rufen. Endlich fand sie ihn, zusammengekauert an den Draht des Hühnerstalles gelehnt auf der Erde sitzend. „Was machst du denn bloß? Wenn du müde bist, warum hast du dich nicht ordentlich hingelegt?" fragte sie besorgt. Michael ergriff ihre warme und feste Hand. „Nach dem Krieg soll der Ammerdahn eine violette Weste haben und rote Strümpfe!" sagte Johanna. Und Lippstock lachte schwer und malte aus, wie der Ammerdahn dann aussehen würde.

Also mußte der Entschluß weiter ausgeglüht werden.

Der Traum aber, dem Michael Lippstock an der Brust gelegen hatte, rief ihn Tag und Nacht. Wo war er? Er ging schon wieder steil mit hohem Stabe über die Berge. Sein Angesicht war unnahbar. In den Röhren seiner Knochen floß goldenes Harz. Seine Geschlechtsteile waren eine quellende traubige Glockenhyazinthe. Und seine Worte waren die Zizindelen, die mit metallisch funkelnden Flügeldecken über den Weg liefen, und die Ohrwürmer, die in den Georginen nisteten und ihre braunen Scheren in die Ritzen des Hauses zwängten. –

An einem regnerischen Nachmittage traf Lippstock da, wo zwischen zwei schrägen Flächen ein sumpfiges Wasser stand, in das sich unregelmäßige kleine Wasserläufe leerten, Anna Bibe. Auf der roh gezimmerten Brücke aus ungeschälten Tannenstämmen mußten sie aneinander vorbei. Ihr Kleid war bis zum Halse herauf geschlossen; um den Hals und um die Handgelenke lagen zierliche weiße Krausen. Sie trug nie etwas in der Hand. Sie grüßte kaum. Michael wußte, ohne daß er es sah, daß sie die Innenseiten ihrer Hände aneinanderlegte, wie sie es in den Konferenzen zu tun pflegte, und er spürte, daß sie ihn zurückstieß. Er schrumpfte ein wie ein angegriffenes Blatt. Ein grauer Nebel umhüllte die kleinen Wiesenhügel, die mit wildem Haar bekränzt waren. Lippstock eilte verlegen vorbei. Vor demjenigen, für das sie lebte, lag nicht die Ebene mit den unzähligen verwirrten Lauten, und für sie war die beschopfte rote Lerche nur ein Lehmklumpen, der das Bild der Andacht bewarf, entweihend die Andacht auf sich riß. Sie zwang ihn, ein böses Gewissen zu haben. Sie war keine Anhängerin des Krieges, aber die Schwären, die Lippstock trug, waren ihr verhaßt, und wie ein Peitschenschlag zischte diese Begegnung über seinen wehrlosen Rücken, der sich soeben noch tief gebeugt hatte in der verwirrenden Ebene, in der allein er heimisch war und aus der die Schwärme eines ruhelosen Lebens aufstiegen, wie er sie so gern, so hingegeben beschaute. Ihre blassen, eckigen Backen stießen durch das läutende, weiche Lindenlaub und das dämmernde Geschwätz seines einsamen Kampfes – und am nächsten Nachmittage fuhr Michael Lippstock nach Weinsdorf, um sich auf dem Bezirkskommando zum freiwilligen Eintritt in das 16*. Regiment zu melden und untersuchen zu lassen. Es fing an zu dämmern, als er in Weinsdorf ankam. Das Büro war leer. Ein Feldwebel meldete ihn an, und ein alter Stabsarzt kam angehinkt. Er hieß, immerfort vor sich hinmurmelnd, Lippstock sich entkleiden und erklärte, nachdem er sich mit Lippstocks Brustumfang nicht einverstanden gezeigt hatte: „Nachher trag' ich die Verantwortung." Seine Unzufriedenheit wuchs, als er Lippstock mit der flachen Hand leicht auf das Knie schlug und dieser stark zusammenfuhr. Lippstock beobachtete das mechanisch mitgehende, von grauen Bartstoppeln eingerahmte Gesicht des Arztes, und als der Alte ihn zum Schlusse tauglich befand, wußte er, daß die Taue, die das Schiff noch immer mit dem Hafen verbunden hatten, endgültig durchschnitten waren, und mit einem gepreßten, durch den Bescheid unnatürlich verrenkten Gesicht stolperte er fort.

Es war fast dunkel, als Michael dem Diakonushaus zuschritt. In der Hecke sang ein Zaunkönig. Sein tiefes Braun leuchtete wie Purpur – aber seine Flügel trugen ihn nur von Baum zu Baum. Auf der leeren Ebene erhaschte ihn, wer ihn jagte, leicht. Michael bog, über einen Graben springend, von der Straße ab und ging über einen abgeernteten Acker, um von hinten durch den Garten ins Haus zu gelangen. Mit den Köpfen fast bis zur Erde geneigt, lagen betende Gestalten über dem Acker und zwischen ihnen standen die weißen Drüsen der Ackerwinden wie Taufbecken still und steinern, und Lippstock sah mit schmerzlichem Neide auf ihr ruhesames Verwelken.

Johanna kam eine Stunde später nach Hause; sie war bei Angele gewesen, deren Geliebter am Morgen hatte fortmüssen. Lippstock öffnete ihr die Haustür, zog sie am Kleiderärmel dicht an sich heran und sagte ihr, daß er sich gemeldet habe und heute angenommen worden wäre. Johanna erschrak aufs tiefste, ließ ihn aber ihre Not nicht merken, sondern sah ihn dringend an und sagte nur: „Nein!? o hoffentlich, hoffentlich hältst du es aus!" Nachdem Lippstock erschöpft eingeschlafen war, lag sie eine Weile in hoffnungsloser Schlaffheit. Sie wußte, daß sie alles ordnungsgemäß weiter führen werde. Doch die Sicherheiten, die sie besessen hatte, bevor sie Michael gesehen, waren längst vernichtet. Die Sicherheiten, die sie mit Michael besaß, waren gleich den Fäden, an denen sich die Spinne herunterläßt, um von einem Windstoß an die Stelle des weiten Raumes getrieben zu werden, wo sie sich ihr Haus weben kann. Schon spann sie dieses Haus. Wenn nun der Wind, der Bunte, Feurige, Reiche, der neben ihr lag und dessen dunkles Haar sie mit der ausgestreckten Hand berühren konnte, schwand, würde ihr das Blut aus dem Körper fliehen.

Die Rekrutenkaserne von Weinsdorf war überfüllt. Hundert Mann wurden in den Theatersaal des Gasthofes von Achilles Finsen gelegt, und zwölf Mann, darunter Michael Lippstock, bekamen Quartier in der zu dem Theatersaal gehörigen Garderobe, einem länglichen schmalen Raum hinter der Bühne, der als Ankleidezimmer für Komödianten oder Sammlungsplatz für Musiker und reisende Artisten bestimmt war. Als Michael die Vorstellung, beständig mit elf ihm völlig Unbekannten zusammen sein zu müssen, zu erwürgen drohte und sich wie eine stickige wollene Decke um seinen Kopf schlang, wich das verknotete, verhärtete und ritzende Gebüsch auseinander und zeigte ihm einen Weg: er zwang sich, seine Umgebung zu verwandeln. Er wuchs mit den elf Gefährten zu einem Wäldchen junger Fichten zusammen, und was sie miteinander sprachen, das war das Sausen in ihren Wipfeln. Er redete mit ihnen in einem Dialekt aus Glas, den er selbst nicht verstand. Jeder Gedanke, den er laut werden ließ, war ein Gespenst, das beim Anfassen zerbrach. Er war die Kohle, die aus dem Feuer gefallen war und nun die Glut immer tiefer verbarg, indem sie sich mit einem jede Minute dichter und dicker werdenden Aschenmantel umzog. Eines Abends, als sich die Leute eben todmüde zum Schlafen niedergelegt hatten, stieß den Michael sein nächster Lagergenosse, ein junger Mensch mit einem hellblonden Spitzbärtchen, von Beruf Stellmacher, der stets viel redete, um damit die Besorgnis für die Zukunft zu ersäufen, ohne äußere Veranlassung in die Seite. Es schien, daß er dem Fremden neben sich mit Gewalt auf die Spur kommen wolle. Lippstock war es, als zerfiele er in seine Teile. Aber da zog schon der andere, als hätte er die Asche abgestreift, hinter der ein unerwartetes Herdfeuer mit glühender Kehle sang, seinen unbeherrschten Quälereiangriff zurück und murmelte, gutmütig und einlenkend: „Entschuldigen Sie, ich wollte Ihnen nicht zu nahe treten." Und dann war wieder mit verschlungenen Armen der Wald da, der rauschte sinkend und steigend, und was auch in der Stube geschah, es wurde aufgeschluckt von jenem Grundsausen.

Sie hatten rund acht Stunden Dienst. Sie erhoben sich morgens um fünf Uhr von dem nicht ausgedroschenen Haferstroh, das Lippstock die Nasenlöcher mit Staub verklebte. Danach bekamen sie Säcke, die mit zerschnittenem langstreifigen, steifen Pergamentpapier ausgefüllt waren.

Michael hielt das Gewehr hilflos im Arme. Der Vizefeldwebel bemühte sich freundlich, ihm die Waffe zu erläutern. Aber erst als Lippstock sie mit sanfter Gewalt in die webenden grünen Schatten eingeordnet hatte, die nicht aufhören wollten, ihn zu rufen, ihm zu dienen, wurde sie ihm hantierbar; erst als er sie sich in ein Fuchsskelett umdachte, dessen Teile sich auf einen Pfiff zusammenfügten, lag ihm daran, sie zu verstehen. Und er säuberte ihr Rohr und putzte ihren mattleuchtenden Lauf sorgfältiger als die anderen.

Von den Stubengefährten wurde Lippstock nur einer deutlich, Hans Finsen, der Sohn des Gastwirts, bei welchem sie in Quartier lagen. Lippstock konnte eines Nachts nicht schlafen. Er richtete sich mit dem Oberkörper auf, und sein Blick fiel auf den Zwanzigjährigen. Das Gesicht des Schlafenden nahm teil an einem großen Staunen, das ihn jeder Verantwortung enthob. Am Tage war er von einer zierlichen Unschuld, die nicht begriffen hätte, um was sich Michael quälte und sorgte. Der Mond schien; seine letzte Rundung war schon angedeutet. Lippstock stieg leise über die Schlafenden und sah hinaus auf ein Feld, auf dem der Hafer in Hocken stand. Das Feld war wie der Mund eines Säuglings, in den die Muttermilch des Mondlichts strömte. Die Grannen federten. Die Ruhe wehrte der Unruhe, die als Westwind herandrängte und die Ruhe vor sich hertrieb, als wolle sie sie in den Fluß stürzen. Aber die Ruhe deckte sich mit silbernem Schilde, und Lippstock schlief geborgen ein.

Der Drill war nicht so vergewaltigend, wie ihn Lippstock sich vorgestellt hatte. Als Schüler hatte er in seiner Heimatstadt, in der ein Husarenregiment lag, dem Exerzieren auf dem Kasernenhof zugeschaut. In dessen Mitte hatte ein Unteroffizier gestanden, um den herum die Rekruten auf geschwinden kleinen Remonten Reitübungen machten. Bei jedem Versagen war der Führer in schwere Wut geraten, hatte die Ungeschickten mit Erdklumpen bombardiert und grausam lachend den Versuchen, der zornigen Pferde Herr zu werden, zugesehen. Auch draußen auf dem Exerzierplatze, weit vor der Stadt, war eines Nachmittags ein Husar stundenlang mit seinem langschwänzigen, aalglatten, ungebärdigen Tier herumgetobt, von höhnischen Bemerkungen eines Unteroffiziers begleitet, als habe dieser das Vergnügen eines Kindes beim Zersägen eines Frosches. Und Lippstock hatte nicht begriffen, daß ein gleichmütiger Sonnenschein ihn selber, den Husar und den Unteroffizier umspielt hatte, und daß es der Exerzierplatz war, auf dem er im Herbst Champignons sammelte. Jetzt saß er selbst auf einem hochbeinigen Pferde, von dessen Rücken bis zum Boden eine lange Strecke war. Aber sein eigener Unteroffizier, Kaase, war ein Mann von ruhiger, zweckvoller Kraft, der dem Ungeschickten mit Gleichmut Gewehr und Arme zurecht rief. Kaase war nicht jählings aus eigener Angelegenheit herausgefordert worden. Er ließ sich sogar zu einem ruhigen Gespräch über Lippstocks Zivilberuf herbei. Trotzdem war Lippstock wie ein Insekt, das mit den Füßen in einen Gummitropfen geraten war, und wenn er von den schwankenden Zweigen einer immerfort drohenden Not herabgeglitten war auf den Boden einer erschöpften Ruhe, dann zürnte er, daß man ihm nicht den eigenen Tod gönnen wolle.

Dem neugebildeten Regimente überbrachte an einem dampfenden Oktobermorgen der Kommandeur die Order des bevorstehenden Aufbruches. Der Oberstleutnant Springer wurde in merkbarem Unterschiede von Kaase seiner Unruhe nicht ganz Herr; er sah auch aus wie einer, der einen sehnsüchtig gepflegten Fruchtgarten hatte im Stich gelassen; er zog an den Enden seines Schnurrbartes und gab die Mitteilung mit brüchiger Stimme. Auch zitterten seine Hände. Lippstock sah es. Das Regiment aber entbrannte in einem aufschwellenden Taumel der Begeisterung. Wie sich die innerste Kraft der Kiefer in den hellen Tropfen entlädt, deren Geruch fast sich überschlagend Bitterkeit und Süße vermengt, als löse sich eine unmögliche Aufgabe, so brannten den Jungen und den Alten die Eingeweide. Auch Lippstock schwelte darin wie in einem Kohlenbecken; seine verängstigten Blätter buhlten mit der neuen Luft, die sich in ihre ersten unberührten Teile auflöste und sich ihm mit verzückter Miene schenkend anbot. Da aber setzte die Musik ein, und als sie versuchte, den fliegenden Atem zu einigen und zu zwingen, wandte sich Lippstock erbleichend ab und sann eigensinnig einer anderen Melodie nach, sie Takt für Takt unaufhörlich repetierend, die ihm kindisch traurig vorschwebte, die die Stengel seines Daseins mit einer Haltung füllte, in welcher er süß ausschritt, von den Menschen und der Natur zirpend begrüßt und angeredet.

Ganz früher Morgen schob seine Nebelkulissen durcheinander, als neunhundertundfünfzig Mann des 16*. Ersatzregimentes auf dem Bahnhofe von Weinsdorf verladen wurden. Es kam Lippstock vor, als führe man tagelang. Er wehrte sich nicht, nur in den hellen Vormittagsstunden kreischte sein Leib, wie ein Baum empört gegen die Säge, die ihn fällen soll und das Nest mit braungestrichelten Eiern in seinem Wipfel zerschmettern. Der Nachmittag und der Abend kamen dann geflogen wie Rotschwänzchen im April, und ruhig und klar saß Lippstock neben den Kameraden. Dichte Staubwolken verklärten sich in der Sonne. Zuerst hatte er mit sieben Regimentsmitgliedern, die er nur oberflächlich kannte, in einem Abteil gesessen. Dann war man umgestiegen, und er lag mit einer großen Schar, darunter auch Finsen und der blonde Stellmacher, in einem gedeckten Güterwaggon. Am Nachmittage des zweiten Tages hielt der Zug sehr lange an einem großen Orte mit bergiger Umgebung. Das Bahngeleise lief im Tal; Lippstocks Wagen hielt gerade da, wo von oben ein mit Bäumen und gezimmerten Lauben bestandener Wirtshausgarten herabsah. Dort war eine Trinkgesellschaft versammelt; ein Karussell drehte sich und eine Drehorgel quiekte. Die Leute drängten sich oben an das Gelände und warfen den Soldaten Zigarren, Butterbrote und Früchte zu. Die Beschenkten haschten unter dem Jubel der

Obenstehenden danach, kugelten übereinander und hatten das Gefühl der Unwürdigkeit ihres Tuns verloren; Lippstock sah, wie der Stellmacher förmlich wie ein Hund eine Zigarre apportierte. Die Ketten des Zuges klirrten wieder; am zweiten Abend stieg das Regiment aus und bezog Quartier in Doerken, einem großen Dorfe nicht mehr fern der Grenze. Lippstock lag auf dem Heuboden eines Gutsbesitzers Komp. Er schlief ohne Unterbrechung.

Das Regiment brach früh auf am nächsten Morgen, und auf dem Marsch in der Kolonne zerteilte sich, was in Lippstock aufstieg an Hoffnungen und Befürchtungen in gleich große lange Wollflocken, wie gebrauchte Decken, die aufgezupft werden zu neuer Verwertung. Die Augen auf die Stiefelspitzen gesenkt, marschierte er, neugierig fast, wie lange es ihn tragen würde. Um die elfte Vormittagsstunde wurde die Grenze überschritten. Einmal sah Lippstock, daß Finsen seelenruhig eine Waldameise aufklaubte, auseinanderriß und aussog. Da stieg der Ammerdahn vor ihm auf. Und mit dem Ammerdahn der Diakonusgarten, wo auf warmer Lohe die straffen Säcke der Erdbeeren lagen. Die Sonne brannte. Am späten Nachmittage wurde Halt gemacht und schweißdurchtränkt, staubbestreut lagerte man in den Wirtschaftsgebäuden eines von den Eigentümern verlassenen, ausgestorben daliegenden Gutshofes. Nur ein alter Knecht wartete eine Reihe wackeliger Milchkühe. Als Lippstock der einen in die Wamme griff, tat er es mit dem Gefühl, daß er zum letzten Male die Erde fasse. Es fand sich, daß die vorhandenen Vorräte nicht ausreichten, und so wurden Mannschaften aufgerufen, in den sehr verstreut umliegenden dürftigen Dörfern zu requirieren gegen Barbezahlung. Wiewohl nach den Ereignissen des August verhältnismäßige Ruhe herrschte, wurde Befehl gegeben, nicht einzeln vorzugehen. Lippstock gehörte zu den Aufgerufenen. Er hatte kaum Zeit gehabt, Gesicht und Brust abzuspülen und eine kurze Weile ausgestreckt zu ruhen.

Man machte in den nächsten Ortschaften gute Erfahrungen; die gekauften Speisen wurden von den Leuten selbst ins Quartier geschafft, und Lippstock durchschritt noch allein das Südende eines kleinen Dorfes, das, wie er auf einem blauweiß gestrichenen Amtsschilde ablas, Bouchanelle hieß. Das Licht wurde spärlich. Michael schlug an die Tür eines nicht gerade reich aussehenden Krämerladens. Da niemand öffnete, trat er ein und sah, hinter der Tonbank, auf einem Schemel eine alte Frau, die ihren grauroten Unterrock über den Kopf gezogen hatte und schweigsam wie eine alte Henne aufgeplustert dasaß. Auf Lippstocks höfliche Anfrage, ob er Brot bekommen könne, erfolgte als Antwort ein unverständliches Murmeln. Lippstock öffnete, da keine Zeit zu verlieren war, eine nach einer Stufe aus dem Laden nach hinten führende Tür und erstaunte, als er ein in grünen Sammet gekleidetes junges Weib an die dem Eingang gegenüberliegende Wand gelehnt entdeckte, das eine Flöte an die Lippen hielt; ein paar leise langsame Töne schaukelten sich in dem Dämmer. Das Gesicht des Weibes schien freundlich, aber die Lippen dazu standen hochrot und quellend, als wären sie übertrieben in eine Maske hineingezeichnet. Die Lippen waren wie ein Feuer, in die Wut und Kraft zur Vernichtung geschüttet worden waren. Lippstock überwand ein stechendes Erschrecken und wiederholte seine Anfrage. Die Angeredete warf die Flöte hin, und die Lippen waren es, die Lippen allein, die jetzt in den Laden vorauseilten, eine Nebenkammer aufschlossen und einen Posten frischgebackener, auf Schiebebrettern verteilter Brote vorwiesen. Sie zündeten ein Lämpchen an, das unter einer Blechkappe an der Wand hing, und Lippstock schickte sich an, das Papier auszufüllen, gegen das bei der Ablieferung die Bezahlung ausgehändigt wurde. Er spähte vergebens nach irgendeiner helfenden Vertrautheit in dem kleinen, warmen Raum, zwang eine gräßlich aufsteigende Übelkeit hinunter und schrieb auf einen Zettel eine Nachricht an Johanna: „Die angefangene Wallfahrt, die ich bin, geht zu Ende. Es kommt und findet mich. Es wird mein Tod. Er verschmäht mich nicht und prägt die Form für mich, die ich auf allen Wegen gesucht, bei dir und immer. Sie soll dich beruhigen. Bange nicht. Es schält sich heraus, was gut an mir ist, was andere, was dich nähren kann." Er freute sich über die Worte, die er geschrieben hatte.

Als er heraustrat, stand schräge gegenüber der Ladentür über einem leise dämmernden Steckrübenfeld die obere Hälfte der Scheibe der untergehenden Sonne. In ihr schwamm, wie ein sich krümmender Regenwurm, ein Rauchfaden. Mit dem Blick darauf erinnerte sich Michael des Abends nach der ersten Musterung und dachte: „Das ist nicht die Schwester jenes Mondes, der einen zweiten gebar." Er stieg über den Holzzaun, der das Feld von der sandigen Dorfstraße abtrennte, um abkürzend den Nordzipfel von Bouchanelle zu erreichen, wo die übrigen warteten. Ermüdet zog er die Füße durch die Rübenblätter. Jählings senkte sich der Acker, von den Dorfhäusern war nichts mehr zu sehen. Da geschah ein Knall, Lippstock erhielt einen Stoß, und mit der Empfindung, daß ihm beide Beine abgerissen wären, sank er rückwärts gegen den Bodenabhang. Ihm war, als schwölle er, Kopf und Leib und Arme, zum Dreimaligen der gewöhnlichen Größe an, seine Augen waren festgeschraubt, er vermochte weder nach links noch nach rechts zu sehen. In diesem Zustande fror er fest. Ihm war, als stände er bis zum Kinn in einem eisigen Wasser, das beständig zu steigen drohte; dabei rührte er mit dem Durchschnitt seines Unterleibes an eine dünne Eisfläche, und auch diese wollte jeden Augenblick brechen. Dann kam ein Gefühl, herumgerissen zu werden wie ein Eimer mit Flüssigkeit an einer straff gestreckten Schnur, und diese Schnur wurde geschwungen von einem immer stärker hervorbrechenden Wissen, daß ihn nichts schone. Die Eile der Schnur wollte in ganz kleinen Dosen sich mindern, und der Kern des Wissens wollte dann sich spalten. Aber bevor das geschah, wurden die Augen wieder beweglich: er starrte und sah, wie das Grau der schwindenden Nacht von Gabeln durchfahren und aufgeharkt wurde, und dann senkten sich seine Lider wie die Blätter des Sauerklees zu der Kühle des Morgens. Er wußte, daß dies ein Signal für das kommende Übermaß der Schmerzen, die er noch nicht kannte, war, und verschlang in rasender Eile dies Gefühl der sich senkenden, klebrigen Lider. Etwas, was er für Verzweiflung hielt, stürzte ihm in den Unterleib. Aber er ging auf diese Verzweiflung zu wie ein dicker Schmetterling, der, seine belastenden Flügel mit großem Ausschlagwinkel mühsam im Gleichgewicht haltend, an einem Faden heraufklimmt. Seine Augen klemmten sich bis auf einen ganz geringen Spalt zu, damit sie den Tod sähen, wenn er käme. Kaases Gesicht erschien, sein brauner Schnurrbart fiel wie eine Blindschleiche beiderseits vom Kinn, auf welches sie aufgelegt war, herunter. Da umstrich plötzlich mit ruhigem, weichem Gefieder ein Vogel sein Gesicht. Der Vogel trug eine Haube aus borstigen roten und gelben Federn, und während er sie auf- und niederklappte, erkannte Lippstock in der Haube seine Geschlechtlichkeit, und sein Gehirn legte es in Buchstaben aus kleinen Stäben vor sich hin: „Ich kann sie sehen, sie steht auf, sie geht weiter, sie wird weggetragen, sie wird nicht gegriffen. Sie ist gerettet. Sie kann weiter zeugen." Plötzlich beugten sich Pferde mit Nüstern aus Äpfeln über ihn. Sie sogen ihn zu sich herauf. Der Kern des Wissens hielt noch. Aber er war jetzt ein Schwamm, den eine Hand furchtbar drückte. Er hörte, wie es aus diesem Schwamme tropfte. Er wußte, daß er sich nicht zu beklagen brauche: die Schmerzen huben an wie das Mundstück einer Trompete und endigten in tobende Schläge gegen den Schwamm im Unterleibe. Eine fetzige Haut legte sich auf seine Stirn, er hob sie, um sie abzuschütteln. Aber da drängte sich die Verblutung mit ausgebreiteten Armen vor in der Gestalt eines Weibes, das seine feuchten Brüste gellend entblößte. Aus ihren Achseln stand ein kollerndes Laub auf, und ihre Augen, in denen unzählige Pupillen schwammen, drückten sich auf seine. Eine dieser Pupillen gehörte Bibe. Da bäumte er sich auf und schrie der Luft zu, daß er der Schmerzen gewiß sei; ein Zucken lang schien es in der Ruhe dieser Gewißheit, als ordneten sich seine Gedärme wieder zu dem Gleichklange des klingenden Gewässers, das er gewesen. Aber da zersprang der Kern selber. Vor jenem Schrei der Gewißheit zerbrach die alleinige Luft und geriet in lange quirlende Wirbel wie über einem Strudel. Auf der zerkratzten Erde lag Michael tot. In länglichen Kreisen fand die

Luft ihre Melodie wieder, und unbehelligt lag der Leichnam, bis in der wärmer werdenden Sonne die Zizindelen liefen, die Worte des Traumes, an dessen Busen der Tote lag.

Johanna saß auf einem Weidenstumpf in dem sonnigen Gebüsch, das die Niederung hinter dem großen Garten des Diakonushauses abschloß. Es ging gegen das Ende ihrer Schwangerschaft. Die Oktobersonne sang ohne Unterlaß. Auf den verlassenen Vogelnestern glänzten kleine Kronen. Die Haseln waren überreichlich mit klaren, sauberen Kätzchen für das nächste Jahr behangen. Die Augen auf den geschwellten Schoß geheftet, versank Johanna in eine Unterredung mit dem Ungeborenen. Vor ihr lag ein vom Zweig gefallenes Eichenblatt, auf dem ein hoher, runder Gallapfel steckte. Sie schlitzte ihn zwischen Daumen und Zeigefinger mit dem Daumennagel auf, und als ein durchsichtiges, geripptes weißes Würmchen sich innen krümmte, sprach sie: „Im Frühjahr wirst du fliegen." Darauf verklebte sie beide Hälften der Galle mit ihrem Speichel und legte sie sorgsam in einen geschützten Rindenspalt. Als sie wieder niedersaß, ritzte ihr ein goldener Stab das Rückgrat, und sie schauerte zusammen.

Da sah sie aus der Wand des Hohlweges, der ihr gegenüber querfeldein lief, plötzlich, aus einer Lehmspalte auftauchend, den Ammerdahn emporsteigen. Er war nackend. In der großen Helligkeit sah sie, wie das Blut in Strähnen durch den Knabenkörper lief: die Haut war nur eine dünne Hülle, aber sie war frei geworden von den Unreinheiten seines Ausschlags. Er sah Johanna nicht. Er horchte auf sich selbst, und aus seinem Munde fuhr ein Strom von Bienen. Er schien seiner Erfüllung nahe: er atmete Bienen. Sträubend und zischend umsurrten sie bogig die Stelle ihres Ursprungs; so viel er atmete, so viel schuf er ihrer. Sie stiegen und fielen, und seine Augen, welche bis zum Rande voll einer dunklen Flut standen, folgten ihnen hingegeben.

Virgil Rothmond öffnete Johanna die Tür und übergab ihr ein Regimentsschreiben mit Michaels Brief. Als sie es gelesen hatte, fiel sie zu Boden. Und in dem Schmerz um Lippstock barsten ihre Lenden, und sie gab einem Knaben das Leben. Mit einer hingebenden Wut erlebte sie die Qualen der Geburt und versuchte, in ihnen Lippstocks letzte Augenblicke nachzukosten. Wieder an den Tag gehoben, tastete sie nach den zerknüllt daliegenden, gebogenen Händen des Kindes und murmelte: „Du bist sein Sohn. Du wirst fliegen."

Wilhelm Lehmann und seine zweite Frau Frieda geb. Riewerts
Wickersdorf, 1914.

# NACHWORT

Als Wilhelm Lehmann (1882–1968) kurz nach Ausbruch des Ersten Weltkrieges den Plan zu der Novelle 'Michael Lippstock' faßte, war er nahezu unbekannt. Das einzige Prosastück, das er bis dahin veröffentlicht hatte, war die kurze „Liebesgeschichte" 'Cardenio und Celinde', die 1912 in Alfred Kerrs Zeitschrift 'Pan' erschienen war, ohne jedoch besonderes Aufsehen erregt zu haben. Dennoch hatte Lehmann zu den Berliner Literaturkreisen Zutritt. Seit 1902 war er mit Moritz Heimann (S. 69) befreundet, dem einflußreichen Lektor im S. Fischer Verlag, und durch dessen Vermittlung hatte er bereits als Student Efraim Frisch, Hermann Stehr und Emil Strauß kennengelernt. Heimann war es auch zu verdanken, daß er häufig in Berlin zu Gast bei der sogenannten 'Donnerstags-Gesellschaft' war; hier traf er Figuren des Berliner literarischen und kulturellen Lebens wie Oskar Loerke, Emil Orlik, E.R. Weiß (S. 69), Julius Levin, Martin Beradt, Hans Kyser, Martin Buber, Walter Rathenau, Eduard Stucken und gelegentlich auch Gerhart Hauptmann, Hermann Stehr und Emil Strauß (Anm. 1). Von diesen Prominenten haben drei – wie wir unten sehen werden – eine nicht unbedeutende Rolle bei Lehmanns 'Michael Lippstock' gespielt.

Bereits vor der Wickersdorfer Zeit (Lehmann unterrichtete dort 1912–1917 an der Freien Schulgemeinde), als er sich erstmals der Prosa widmete, hatte Lehmann sich am Schreiben schon verschiedentlich versucht. Schon als Primaner und Student hatte er Gedichte geschrieben, die allerdings zum größten Teil in Inhalt und Klang dermaßen epigonaler Romantik glichen, daß es nie zu einer Veröffentlichung kam oder kommen konnte. Was Lehmann von den Studentenjahren Michael Lippstocks sagte, jenen „rätselhaften, dunkel durchsummten, unbeständigen, nur in Träumereien beständigen Studentenjahren" (S. 1025), gilt zum größten Teil auch für seine eigene Studentenzeit. Aber seine Begegnung mit dem jungen Philologen Ernst Zupitza in Berlin, führte zu einem besonderen Interesse für die vergleichende Etymologie und damit zu einer zweiten Schaffensperiode, in der er ausschließlich sprachwissenschaftliche Arbeiten verfaßte. Nachdem Lehmann 1906 seine Dissertation über 'Das Präfix uz- besonders im Altenglischen' abschloß, trat er mit einer Reihe wissenschaftlicher Artikel hauptsächlich etymologischer Natur hervor. Sowohl diese wissenschaftlichen Arbeiten als auch das besondere Thema seiner Doktorarbeit (uz- ist mit dem neuhochdeutschen ur- verwandt) deuten nicht nur auf ein tiefes Interesse für das Wesen des Wortes sowie den Ursprung der Sprache, sondern auch auf die typisch romantische Sehnsucht nach einer 'lingua Adamica'.

Lehmann war schon früh im Banne des Archetypischen schlechthin. Bewandert in den Märchen fast aller Völker, in der europäischen Sagen- und Romanzenliteratur, war er auch ungewöhnlich belesen in Volks- und Naturkunde. Mehrfach hat er sich in der Form des Kunstmärchens versucht; sein späteres Werk bestätigt seine Neigung zu dieser Form.

Aber weder die mißlungenen poetischen Versuche noch seine gelungenen wissenschaftlichlichen Arbeiten befriedigten ihn, und nachdem er in eine schöpferische Sackgasse, durch eine tiefgreifende Sprachkrise (Anm. 2) geraten war, die für diese Zeit nicht untypisch war, entschloß er sich kurz vor der Wickersdorfer Zeit, Heimanns Rat zu befolgen: „Sieh um Dich, ergreife mit einem dreisten Griff einen Klumpen Erde und bilde! Schreib einen Roman auf!" (Anm. 3).

Lehmann war aber kein Prometheus der Dichtung und schrieb keinen Roman voll schön geformter Menschen. 'Cardenio und Celinde' war, wie der Autor selbst meinte, „eine Vorstudie", ist stark autobiographisch und handelt in lebhafter Weise und jugendstilistisch spielerischer Anmut und Grazie von Lehmanns neuer Liebe zu Frieda Riewerts (S. 52), die später (1913) seine zweite Frau wurde. Dieser Liebesgeschichte folgte chronologisch gesehen die Erzählung 'Maleen', in der er auf etwas nüchternere Art und Weise den Verfall seiner ersten Ehe (mit Martha Wohlstadt) darstellte, die aber erst 1918 in der 'Neuen Rundschau' erschien. Darauf folgte 'Der bedängte Seraph', eine Erzählung, die sich ebenfalls durch stark autobiographische Züge auszeichnete, und die wohl wirklichkeitsnäher aber auch sehr bildstark war. Alle drei Prosastücke bestätigen, daß Lehmann sich 1914 in einer Phase befand, in der er autobiographische Erzählungen schrieb, wobei er Heimanns Rat zu „bilden" sehr wörtlich nahm.

Auch im täglichen Leben spielte das Wort für Lehmann immer eine wichtige Rolle; er pflegte sich alle Wörter oder Namen, die ihm besonders auffielen, zu notieren. Im Frühjahr 1914 stieß er beim Zeitunglesen auf einen Namen, der ihm ungewöhnlich erschien, und er schrieb sich das Folgende auf: „Im Berliner Tagblatt, das ich am 24. März '14 morgens lese, ist in einer Waldenburger Mordaffäre ein Michael Lippock genannt. Schöner Name." Etwas weiter unten fügte er hinzu: „Michael Lippstock". Einige Monate später, am 4. Oktober 1914, schrieb er ins Tagebuch: „Plan zu 'Virgil Rothmond' gefaßt". Bald hieß die Erzählung aber nicht mehr 'Virgil Rothmond' sondern 'Der Feigling', was darauf deutet, daß Michael Lippstock den alten Rothmond als Hauptperson bald ersetzte. Trotz der Schularbeit konnte Lehmann regelmässig an der Novelle arbeiten und am 16. Dezember desselben Jahres war er so weit, daß er in sein Tagebuch notieren konnte: „Heute schloß ich meine Erzählung 'Der Feigling' ab. Der Sturm heult. Möge der Friede kommen!"

Während der Reinschrift nahm er jedoch noch einige wesentliche Änderungen vor, so daß er erst Mitte Februar seinen Text fertig hatte und ihn an Moritz Heimann in Berlin schicken konnte. Am 25. Februar 1915, einem Donnerstag, fuhr Lehmann mit der Bahn nach Berlin und ging sofort zu 'Steinerts Weinstube' auf dem Kurfürstendamm zum Stammtisch der 'Donnerstags-Gesellschaft'. Anwesend, außer Heimann, waren E.R. Weiß, Orlik, Levin, Flake, Hirschfeld, Beradt, Berdyzewski [d.h. Micha Josef bin Gorion], und Loerke, den Lehmann jetzt zum ersten Mal traf, und der auf ihn „einen tiefsinnig-großen Eindruck" machte (Anm. 4). Die nächsten drei Tage verbrachte er bei Heimann und war überaus froh, als dieser sowohl seinen 'Bedrängten Seraph', den Efraim Frisch gerade für die September-Nummer des 'Neuen Merkur' angenommen hatte, als auch den 'Feigling' lobte. „Aber", schrieb er am 5. März in sein Tagebuch, „ich bin ja so glücklich, weil ich aus Moritz Heimanns Munde das höchste Lob für den 'Feigling' und 'd[en] bedr[ängten] S[eraph]' geerntet habe; 'fabelhaft schön' war, was er oft sagte." Tags darauf suchte Lehmann Moritz Heimann im S. Fischer Verlag auf, wo er wieder mit Loerke zusammentraf, und wo Heimann ihn zu seiner großen Freude erneut, und diesmal vor Loerke, lobte. Heimann verglich Lehmann mit Stehr, betonte aber, daß jener „weniger an Handlung" als dieser, dafür aber „mehr Bilder aneinander gereiht" habe. Loerke gegenüber, einem begeisterten und fähigen Musiker und Bruckner-Liebhaber, bezeichnete er diese Technik als „Kontrapunktik" und fügte hinzu, daß alle große Kunst etwas von Bruckner habe, auch die von Lehmann. „Nur Schlußkapitel seien zuviel", faßte Lehmann die Kritik seines Freundes in seinem Tagebuch zusammen und fuhr fort: „Ich sah seine Kritik ein; kann aber, glaub ich, nicht alles ändern, wie H[eimann] will." Lehmann war sich also der Tatsache bewußt, daß seine extreme Bildhaftigkeit auf den Durchschnittsleser abstoßend wirken könnte, war aber zu dieser Zeit nicht gewillt, seine künstlerischen Ideale zu verraten, indem er seine Sprache mäßigte.

Eine Woche später, wie wir in seinem Tagebuch lesen können, hatte Lehmann seinen ohnehin irreführenden Titel 'Der Feigling' in 'Die Farbenkugel' umgeändert, ohne einen besonderen Grund dafür anzugeben. Ende April 1915 schrieb Heimann, daß er sowohl Oskar Bie als auch Samuel Saenger für das Manuskript interessiert habe, und Lehmann, der seine neue Erzählung inzwischen etwas voreilig an den 'Neuen Merkur' geschickt hatte, mußte sie von Frisch zurückverlangen und an Bie in Berlin schicken. Am 4. Mai 1915, seinem 33. Geburtstag, empfing Lehmann den erwarteten Geburtstagsbrief von Heimann, der gleichzeitig berichtete, „was Bie Rühmendes über die Farbenkugel gesagt hat", und daß eine „baldige Veröffentlichung in der Rundschau" geplant sei (Anm. 5). Am 12. Mai antwortete Lehmann auf Heimanns Brief:

„Was Du mir von Bie mitteiltest, freut mich; fast fürchte ich, daß Herr Fischer d o c h die Sache als undeutsch u.s.w. wird abweisen." Aber seine Befürchtungen erwiesen sich als grundlos. Am 28. Mai erfuhr Lehmann, daß seine Novelle angenommen sei und zwei Tage später schrieb er in sein Tagebuch: „Ich war erschrockenfroh. Jetzt will ich sie, auf Heimanns Schreiben, umnennen M i c h a e l L i p p s t o c k, und streiche Detailwucherungen namentlich im ersten Drittel. Ich will sie doch nicht pseudonym erscheinen lassen." Die Änderungen waren schnell erledigt, das Manuskript wurde an Drugulin in Leipzig gesandt, und Lehmanns erste Novelle erschien in der August-Nummer der 'Neuen Rundschau'.

**********

Das Autobiographische in 'Michael Lippstock' ist weniger offensichtlich und weniger direkt als in den drei obenerwähnten Prosastücken. Aber Lippstocks Liebe zu Johanna ähnelt Lehmanns Liebe zu Frieda Riewerts, während Virgil und Nathanael Rothmond gewisse Ähnlichkeiten mit Friedas Vater, dem Probst, beziehungsweise dem Bruder Friedrich, haben. Die Angst Wilhelm Lehmanns vor dem Militärdienst spiegelt sich in Lippstock, und Lippstocks Ratlosigkeit angesichts der Sinnleere eines unverstandenen Lebens, seine existentielle Angst, ist auch die des Autors zu dieser Zeit. Es gab überdies noch andere Ereignisse in Lehmanns Leben, die sich in der Novelle widerspiegeln. Zum Beispiel fielen in den ersten beiden Kriegsmonaten zwei Freunde des Dichters. Bei dem einen handelt es sich um einen ehemaligen Schulfreund, der andere war Siegfried Krebs, ein Wickersdorfer Lehrer und Autor, der an der Schwelle einer vielversprechenden Karriere stand. Krebs hatte Lehmann gebeten, seinen literarischen Nachlaß zu verwalten, falls er im Kriege fallen sollte; Lehmann mußte diese traurige Aufgabe erfüllen, als er an seiner Novelle arbeitete. Die Verwaltung des Nachlasses dürfte einen gewissen Einfluß auf Lehmann ausgeübt haben. Krebs hatte über Philipp Otto Runge und Tieck promoviert, und einige von Krebs' Bücher über Runge fanden ihren Weg in die Bibliothek Lehmanns. Der neue Titel der Novelle, 'Die Farbenkugel', datiert aus dieser Zeit und stammt möglicherweise aus dem gemeinsamen Interesse an Runge. Runges Farbensymbolik, wie sie in seinem theoretischen Aufsatz 'Die Farbenkugel' und in Krebs' Dissertation beschrieben ist, ist für das Verständnis von Lehmanns Novelle aufschlußreich.
Andere Begebenheiten von Belang waren zum einen die Tatsache, daß sein Bruder Walter sich im Januar 1915 freiwillig meldete, und zum anderen der Tod seines Schwagers Friedrich Riewerts, der im selben Monat fiel. Lehmann fühlte sich in beiden Fällen von einem schweren Schlag getroffen.
In anderer Hinsicht nehmen die Geschehnisse der Novelle merkwürdigerweise

vieles im Leben des Dichters vorweg. Gerade zu der Zeit, als das Werk von der Redaktion der 'Neuen Rundschau' angenommen wurde, erhielt Lehmann den ersten Musterungsbefehl. Die Beschreibung dieser Musterung im Tagebuch ähnelt sehr stark derjenigen in der Novelle. Lehmann selber wurde erst zwei Jahre später eingezogen – ohne sich allerdings freiwillig zu melden. Statt Digitalis v o r der Musterung einzunehmen, wie Lippstock es tat, besorgte er sich eine tödliche Dosis Gift für den Fall, daß er an die Front geschickt werden sollte; er entzog sich jedoch dieser Belastungsprobe, indem er in den letzten Kriegsmonaten zu den Allierten überlief.

**********

'Michael Lippstock' erschien an einem entscheidenden Punkt in der Entwicklung des Dichters. Die Veröffentlichung von 'Cardenio und Celinde' im 'Pan', obwohl an sich schon zufriedenstellend, deutete noch nicht darauf hin, daß Lehmann als Autor bald Anerkennung finden würde. 'Michael Lippstock' aber versprach mehr: die Novelle war länger, und sie erschien in der damals bekanntesten und bedeutendsten Zeitschrift Deutschlands. Mit unverhohlenem Stolz schrieb Lehmann am 3. Juni 1915 an seine Mutter:

> *In all dem Schweren wird Dir eine kleine Freude gut tun. Meine Novelle 'Michael Lippstock' ist nun tatsächlich von der Neuen Rundschau angenommen, wie mir zuerst freudig Heimann, sodann auch Bie schrieb. Sie ist sogar schon im Druck und erscheint höchst wahrscheinlich im Juliheft. Einen sichtbareren Platz für meine Dichtung kann ich mir wohl nicht wünschen. Heimann schreibt: 'laß Dir herzlichst gratulieren zu dem, wie mir scheint, festgelegten Grundstein Deiner dichterischen Laufbahn' (. . .) Du wirst verstehen, daß eine tiefe dankbare Freude in mir ist, daß ich mit meinen dreiunddreißig Jahren nun endlich soweit gekommen bin, mich unter die schaffenden Mächte rechnen zu dürfen.*

Lehmanns Freunde reagierten durchweg positiv. Im Juli 1915 las er einer Gruppe Wickersdorfer Kollegen aus dem Manuskript vor. Ihre spontanen und enthusiastischen Bemerkungen bezogen sich aber hauptsächlich auf die Personendarstellung, und sie gingen, was bei einer Vorlesung begreiflich ist, auf die Bildlichkeit oder die tiefere Bedeutung des Werkes nicht ein. Zu dieser erfreulichen Aufnahme seiner Wickersdorfer Freunde kam das redaktionelle Lob von Oskar Bie hinzu und das von seinen beiden Freunden der 'Donnerstags-Gesellschaft', Heimann und Loerke. Heimann allerdings war nicht unkritisch, aber wo er kritisierte, tat er das konstruktiv und mit Feingefühl. Lehmann nahm die Kritik seines Freundes wie immer dankbar an. Aber sein Stolz und seine Freude über diesen scheinbar allgemeinen Erfolg wurden bald ganz zerstört, als er im Oktober 1915 einige Seiten des gedruckten Textes erhielt, die mit den zornigen, sarkastischen und bitterbösen Randbemerkungen eines anderen Mitglieds der 'Donnerstags-Gesellschaft' versehen waren, nämlich des Malers E.R. Weiß.

Diese Marginalien, die im Anschluß auszugsweise im Faksimile wiedergegeben werden, veranlaßten im Jahre 1964 Hans Dieter Schäfer, den Nachlaßverwalter Lehmanns zu einem „Plädoyer für einen Neudruck. Anmerkungen zu den Lippstock-Marginalien des Malers E.R. Weiß", das bisher nie veröffentlicht wurde. In diesem Plädoyer setzt sich Schäfer mit den Bemerkungen des Malers auseinander und zeigt, wie wenig Lehmanns kühner Versuch, mittels einer neuen Bildersprache zur „absoluten Metapher" zu gelangen, von Weiß (und mit ihm der damaligen Zeit überhaupt) verstanden worden ist. Dieses Dokument, das Lehmann mit Freude gelesen hat (Anm. 6), sei hier im vollständigen Wortlaut wiedergegeben:

**Plädoyer für einen Neudruck**

Anmerkungen zu den Lippstock-Marginalien des Malers E.R. Weiß

1915 erschien Wilhelm Lehmanns erste Novelle 'Michael Lippstock' in der 'Neuen Rundschau'. Die Lektüre veranlaßte den Maler und Hausgraphiker des S. Fischer Verlages, E.R. Weiß, zu einer besonders zornigen Stellungnahme. Lehmann berichtet darüber in seinem 'Gedenkwort für Moritz Heimann': „Einige Tage nach dem Erscheinen fand mich meine Frau nach der Vormittagsarbeit erblaßt und elend. Ich hielt in der Hand die aus der Rundschau gelösten Blätter, wie sie von oben bis unten, von Anfang bis zu Ende, der Maler E.R. Weiß mit handgeschriebenen zornigen Glossen versehen hatte. Heimann hatte sie mir kommentarlos geschickt." (Siehe Sämtliche Werke, Gütersloh 1962, Bd. III, S. 265)

Diese Glossen bezeichnen sehr deutlich eine geistige Haltung, mit der selbst intellektuelle Schichten im zweiten Jahrzehnt dieses Jahrhunderts der avantgardistischen Literatur gegenübergetreten sind. Es handelt sich im 'Michael Lippstock' wie übrigens im gesamten epischen Frühwerk Wilhelm Lehmanns um eine Sprache, die sich bewußt von der Alltagssprache absetzt. Diese frühe Novelle muß im Zusammenhang mit jener Bewegung zur 'absoluten Metapher' gesehen werden, die dem sogenannten 'Jugendstil' und auch dem daraus resultierenden Expressionismus eignet. Die Bilder überwuchern – im Gegensatz zur späteren Lyrik Lehmanns – das jeweils Bezeichnete und gewinnen an Eigenwert. E.R. Weiß hat das ganz deutlich gesehen, ärgerlich vermerkt er auf S. 1043 „Ja, der Kerl tut ja, als mache er wirklich Figuren." Oft sind die Metaphern ornamental, rankend, sie verselbstständigen sich: „Seiner Gattin hohe Brüste waren Vogelnester voll geöffneter Schnäbel." Hin und wieder stoßen sie jedoch auch zu Deutung vor. Auf Seite 1026 werden Bilder verschiedener Herkunft (fruchtbringender Acker, sich entzündende Kerzen, auffangende Schale, singende Flöte) simultan zu einer Deutung des neubegonnenen und fruchtbringenden Lebens zusammengeschlossen. Mit ratlosen Ausrufezeichnen begegnet Weiß dieser Stelle.

Der Maler, der in diesen Jahren dem Jugendstil verpflichtet war, will die Linie aus der Prosa verbannen. Sätze wie „Endlich schlief er, und der Atem des Schläfers züngelte empor und floß ringelnd durch das Diakonushaus" oder „. . . eine lange Locke auf die Stirn züngelte" (S. 1032) finden keine Gnade vor seinem Stift. Die Dynamisierung der Phänomene arbeitet in ähnlicher Weise an der Auflösung des konventionellen Wirklichkeitsgefühls wie die Auflösung des Statischen in den expressionistischen Gedichten Trakls und Heyms: „Auf der blanken Platte des kleinen Birkenholzschreibtischs surrten Lichtbüschel (S. 1027). „Blätter wehten durch das Fenster auf den Fußboden, sie fielen aus dem Munde der Nacht und erschreckten das Licht, das sich bang nach einer Seite bog." (S. 1031). Dazu kommt die dämonisierte Personifikation des Naturgeschehens, die ebenfalls zur gleichen Zeit in der frühexpressionistischen Bildlichkeit auftritt: „Ein steifer wehtuender Wind war aufgestanden. Er hing die breiten Zähne gierig eingeschlagen, der noch weichen Luft im Nacken, die langgezogene Seufzer ausstieß." (S. 1038). Die wenig später auftretende Wendung „ihre Natur in Grenzen" halten kommentiert Weiß ironisch „na hoffentlich". Diese Anmerkung gibt den Kern der Kritik; sie geht am Gedichteten vorbei und greift ins Leere. Hinter 'Lippstock' steht ein neues Wirklichkeitsgefühl, die Natur wohnt nicht mehr in den Grenzen, die eine menschliche Konvention gesetzt hat. Sie besitzt einen Eigenwert, der sich in den Vergleiche und Metaphern Bahn bricht. Die Sterne funkeln nicht „majestätisch", sondern „wie Hühner auf einer Stange rückten sie näher aneinander, plusterten sich auf, und von ihrem Gefieder fielen Sternschnuppen." (S.1045). Die Wolken im Blauen sind keine Symbole des Erhabenen, sondern kauern „wie Federmotten am Rande einer blauen Enzianblüte." (S. 1047).

Nein, in der Bildlichkeit drückt sich kein bloßer Euphuismus aus. Die Erzählung ist ein Stück Literaturgeschichte, sie zeugt von der Sprachrevolution, die sich zu Beginn unseres Jahrhunderts ereignet hat. Weiß entdeckt Katachresen, die gar keine sind. Er legt Maßstäbe an, die keinem Kunstwerk des beginnenden 20. Jahrhunderts gerecht werden können. Er verteidigt eine „natürliche" und „gesunde" Sprache, die zu jener Zeit aus einer Klischee- und Requisitenrede bestand. Als Akt der Erneuerung muß 'Michael Lippstock' gesehen werden, als Versuch, im Gegensatz zur herrschenden und abgelebten Sprache eine eigene Bild-Welt zu errichten und einem neuen Wirklichkeitsgefühl zum Ausdruck zu verhelfen.

Wäre diese heftige und maßlose Kritik von E.R. Weiß nicht in die Hände Lehmanns gelangt (Heimann hätte diese Seiten leicht für sich behalten können), hätte Lehmann aller Wahrscheinlichkeit nach in einem ähnlich überschwenglich bildhaften Stil weitergeschrieben. Aber Heimann hielt es für angebracht, die Kritik an Lehmann zu schicken, und er warnte ihn nochmals ausdrücklich vor den Gefahren eines solchen Stils. Die Knappheit des Kommentars in Lehmanns Tagebuch (27. Oktober 1915) verbirgt die wirkliche Krise, in die er geraten war, kaum:

> *Ich habe schweren Bruch erlitten. Am vorvorigen Sonntag schrieb mir Heimann, meine liter[arischen] Aussichten wären nichts, dazu den gedruckten 'M.L.' mit bissig destruierenden Anmerkungen.*
> *Am Montag schrieb mir Loerke 'Ihre Novelle ist mir tief hin und tief her geklungen, wie ich es wollte'.*
> *Gestern machte ich Kap. 10 'Der Bilderstürmer' fertig. Ende 9 ist schon nach dem Eindruck von H.'s Brief remodelliert worden.*

Loerkes Lob kam gerade im richtigen Moment, um den Schlag, der Lehmann getroffen hatte, etwas zu mildern. Die Kritik von Weiß, zügellos und ohne Einfühlungsvermögen, zusammen mit der von Heimann, rücksichtsvoller und auf langjähriger Erfahrung mit dem Leserpublikum beruhend, hat bei Lehmann Spuren hinterlassen. Er überzeugte sich davon, daß Weiß' Standpunkt gerechtfertigt war, und daß er sich selbst auf dem falschen Weg befand. Als er im Frühjahr 1917 eine Kopie von 'Michael Lippstock' an den Schriftsteller Arnold Ulitz schickte, warnte er diesen vor den „Phantasie- und Sprachexcesse[n] darin" (Anm. 7). Die Bildhaftigkeit der späteren Prosawerke war nie wieder so konzentriert und radikal wie in 'Michael Lippstock', und der Autor hat bedauerlicherweise das Werk in seine 'Sämtliche Werke' (1962) nicht aufgenommen, „wegen des jugendlichen Überschwangs, den man auch als Euphuismus bezeichnen könnte" (Anm. 8).

Von einer öffentlichen Rezeption des Werkes kann kaum die Rede sein. 'Michael Lippstock' ist weder von der Tageskritik noch von der germanistischen Wissenschaft beachtet worden. Aber Lehmanns Angst, daß das Werk mitten im Krieg als „undeutsch" empfunden werden könnte, war nicht ganz unbegründet. Verglichen mit den anderen äußerst patriotischen Beiträgen und richtigen Hurra-Berichten (z.B. von Thomas Mann und Richard Dehmel), die 1914–15 in der 'Neuen Rundschau' erschienen, wirkte 'Michael Lippstock' doch „undeutsch" genug, um eine offizielle Reaktion hervorzurufen. Als Lehmann Weihnachten 1915 in Berlin war, erzählte ihm Bie, „das Oberkommando hätte beim Verlag antelefoniert wegen [der] Novelle, in der ja 'jemand was einnimmt' ". Bie entgegnete (allerdings nicht ohne Heuchelei), „einen patriotischeren Menschen als Michael Lippstock könne sich das Oberkommando ja gar nicht wünschen" (Anm. 9) – was natürlich durch Lippstocks freiwilliges Melden begründet werden konnte. Diese kleine Reaktion blieb die einzige. Erst viele Jahre später erlangte Lehmann in der Sache Weiß eine gewisse Genugtuung, wie aus einem Brief an Hans Dieter Schäfer hervorgeht:

*„Es gehört zu meinen schönsten Siegen, daß, allem frühen Gegenwillen zuwider, E.R. Weiß mir vor seinem Tode noch zum 50* [*gemeint ist der 60.*] *Geburtstag Zeichnungen geschenkt und von meinen 'schönen Gedichten' geschrieben hat."* (Anm. 10).

## Anmerkungen

1. Über Wilhelm Lehmann und die 'Donnerstags-Gesellschaft' s. Hans Dieter Schäfer, 'Wilhelm Lehmann. Studien zu seinem Leben und Werk', Bonn 1969, S. 33, sowie den von Tilman Krömer und Reinhard Tgahrt zusammengestellten Katalog zu 'Oskar Loerke. Eine Gedächtnisausstellung zum 80. Geburtstag des Dichters' im Schiller-Nationalmuseum, Marbach am Neckar, Stuttgart 1964, S. 20 – 25.

2. Genauer über Lehmanns Sprachkrise um 1909 informiert Schäfer, 'Studien', S. 23 – 24.

3. Brief Heimanns an Lehmann, 23. VIII. 1909. Siehe 'Neue Rundschau', Jg. 76, H. 4 (1965), S. 650 – 652.

4. Siehe Tagebuch, 5. III. 1915. Ich bin dem Deutschen Literaturarchiv in Marbach am Neckar, insbesondere Herrn Dr. Werner Volke, dem Leiter der Handschriftenabteilung, sowie Herrn Dr. Hans Dieter Schäfer, dem Nachlaßverwalter, sehr dankbar für ihre Hilfsbereitschaft und für die Erlaubnis, aus Lehmanns Nachlaß zu zitieren.

5. Siehe Tagebuch, 4. V. 1915.

6. Siehe Lehmanns Brief an Hans Dieter Schäfer, 20. XII. 1964. Das Plädoyer befindet sich in Lehmanns Nachlaß.

7. Siehe Tagebuch, 23. III. 1917.

8. Siehe Heinz Bruns, 'Wilhelm Lehmann. Sein Leben und Dichten', Kiel 1962, S. 18.

9. Siehe Tagebuch, 20. III. 1916.

10. Siehe Brief an Hans Dieter Schäfer, 6. XII. 1964.

# ANHANG


Seite

1. Faksimile der E.R. Weiß-Marginalien 65

2. Faksimile der E.R. Weiß-Marginalien 67

3. Silvester-Gesellschaft bei Heimanns, 1912. (Abbildung) 69

zusammen, dann waren sie höflich und zart gegeneinander. Lippstock arbeitete den Vormittag durch. Um die Kosten ihres Unterhaltes aufzubringen, erteilte Johanna Unterricht an der Volksschule. Alles ließ sich vorteilhaft an, bis die einzelnen Naturen den Ereignissen wieder zuvorkamen. In die Regelung von Michaels Tageslauf gerieten Schwankungen. Zuweilen passierte es, daß er, nachdem er eine kurze Zeit des mageren, hellen Morgens sich in die Arbeit verbissen hatte, nicht mehr durchhielt. Dann ging er die kurze, staubige Treppe vom Flur der oberen Wohnung hinauf nach dem von den Firstbalken zerteilten weiten Boden und legte sich auf die Mitte der Dielenbretter, bereit, jedem Windstoß zu erlauben, die Leere, die die Arbeit ihm bereitet hatte, zu erfüllen. Und die Winde wehten verschieden. Wenn er lauernd dalag, so bestreute sich der Boden mit weißem Sande, und ein Hahn lief gebrochen krähend wie ein Vorbote darüber. Ihm folgte ein siebzehnjähriges Mädchen von kräftiger Erscheinung, den Kopf mit einer blauen Kapuze umhüllt, in deren umgeschlagenem Saum zwei ragende Hühnerfedern steckten. Sie hatte leichtsinnige, fast niedrige Gebärden. Sie schien fröhlich, lief hin und her, daß unter ihrem Kleide ihre mit Schuhen aus grauem Segeltuch bekleideten Füße sichtbar wurden und schien dann irgendein Tier zu locken. Dann ertönte, während Michael ihr zuschaute, ein mahnender Ruf „Treib die Kühe heim!", und gleich sah er sie hinter einer gestreckten Reihe von Kühen einen aufsteigenden Bergweg hinanschreiten. An ihrer Statt saß jetzt ein anderes Mädchen, in hellrotem Kleide, mit zerlassenen Gliedern, auf einem Haufen abgefallener Blätter vor einem gilbenden Rosenstrauch, der mit Bedeguaren bedeckt war. Ihr Gesicht war in ein grimmiges Weinen verzerrt, sie saß müde wie ein kranker Vogel und schaute Michael an, als wäre er der Urheber ihres Kummers. Und Lippstock ging dann. Eine Qual begann ihn zu durchströmen, und diese wie einen Bissen im Munde hin- und herschiebend, setzte er sich wieder an den Tisch. Er schob dann das Gesehene zurück, zündete sich, um sich an etwas festzuhalten, eine Zigarre an und arbeitete in einer festen Manier darauf los. Dann wich das Gesehene, und durch das, was er zu Boden drückte, durch seine Arbeit, durch das Gefühl davon, drängte sich wie mit Bohrern durch eine Holzschicht das Leben, das er um sich errichtet hatte. Der Bohrer drang tief, und wie aus einer keuschen und glühenden Birke quoll ein zähflüssiger, schimmernder Saft, den er in hohler Hand aufschlürfte. Johanna kam, es war Mittag, und er empfing sie, nahm ihre Hand, spielte mit ihrer Hand, und sie gab sich ihm schauernd hin.

Aber oft war der Tag anders gebaut. Michael war gleich nach dem Aufstehen ins Geschirr gegangen, hatte seine Arbeit geleistet, und fiel

Dieser Blick wurde mächtig, umfassend und genau. Es war ein gefährliches Frühjahr gewesen. Die Buchen waren von scharfem Frost überrascht, die zarten Spitzen nachts überfallen worden. Wenn die Sonne schien, wurden die gefrorenen Häutchen schwammig. Lebendiges barg sich neben und hinter Totem. Aber die Buchen arbeiteten durch die Leichen hindurch weiter, sie stießen sie sachte herunter, und obwohl einige noch tagelang mitleiderregend neben den neuen Versuchen starrten, spann der Eltern Mühe erfolgreich weiter. Lippstocks Blick dachte ihr Mühen zu Ende. Sie schwirrten den Sommer lang und glühten und übernahmen sich nicht, so geeinigt waren sie in sich. Und er nahm den Herbst voraus. Ein Schmerz wühlte in den Eingeweiden der Bäume, erst leiser, dann lauter. Ein zeckenartiger Ausschlag befiel die Blätter; sie drehten und quälten sich. Da dämmte Michael die Gewalt seines Blickes ein und rannte beglückt nach Hause.

Ihm war, als baue er an einer Reihe von Gestalten, die sich behausten und bleiben wollten. Er stellte sie in dem langen und hohen Raum auf, der die vordere rechte Hälfte des oberen Stockwerkes einnahm und Virgil früher als Konfirmationssaal gedient hatte. Er war leer, seine dunkel gebohnerte Diele glänzte. Nur ein Stehpult stand an der einen Wand. An den beiden bis zur Erde reichenden Fenstern hingen keine Gardinen, meistens war es von einer angenehmen Kühle erfüllt. Hier sammelten sich die Gestalten, an denen Lippstocks Verlangen baute. Als wolle er sie erproben, schickte er Johanna zu ihnen hinein. Es sollte der Raum sein, in welchem wie in einer Meierei die gewonnene Butter in Satten aufgestellt und reif wird. Johanna mußte hineingehen und zu den Versammelten sprechen. Sie sollte sie aufrufen, sich gegen ihre unwiderstehliche Kraft zu bewähren. Sie sollte sich gegen das Fenster stellen, ihre Arme wagerecht mit dem Kreuz breiten und ihnen zeigen, wie durch ihre gespreizten Finger das Blut pulste, und diejenige Gestalt, die davor zerbrach, war als unwert zu befinden und wurde zerstampft. Und wenn Michael allein war, ging er selbst hinein und versuchte, auch wenn er langsam war und müde und verzweifelt, ob sie aus Glut und Brut stammten.

Er fand, daß die Erprobungen, bei denen Johanna half, Annäherungen an das Reine, Notwendige und Befreite und daß sie das Dauerhafte waren auch in seinem Verhältnis zu ihr. Sie spürte es auch als edeles Geschenk, als einen Kranz aus strengen Blättern, und sie trug ihn erhoben.

So suchten sich beide in ihrem Dasein zu behaupten.

Der Hochsommer schwand. Auf der jenseitigen Seite des Baches, der durch die Wiesen hinter dem Diakonushaus eilte, stand auf

Silvester-Gesellschaft bei Heimanns, 1912.
Sitzend: Hedwig Fischer (3.v.l.), Frau Lifchitz (4.v.l.) Frau Johanna Weiß (8.v.l.), Gertrud Heimann (9.v.l.)

Stehend: Otto Müller (2.v.l.), Gerhart Fischer (3.v.l.) Moritz Heimann (4.v.l.), E.R. Weiß (5.v.l.)

# Stuttgarter Nachdrucke
# zur
# Literatur des 19. und 20. Jahrhunderts
## Hrsg. von Hans-Dieter Mück

**Band 1: Kameraden der Menschheit.** Dichtungen zur Weltrevolution. **Hrsg. von Ludwig Rubiner.** (1919) Hrsg. und mit einem Nachwort und Literaturverzeichnis versehen von Hans-Otto Hügel.
Ca. 190 S., 8°, kart., ISBN 3-88099-600-8 DM 18.–

**Band 2: Wilhelm Lehmann: Michael Lippstock. Novelle (1915)** Hrsg. und mit einem Nachwort versehen von David Scrase.
72 S., 5 Abb., 8°, kart., ISBN 3-88099-601-6 DM 14.–

**Band 3: Impertinenter Expressionismus. Texte von Hugo Kersten.** Hrsg. mit Kommentar und Nachwort von Michael Stark.
Ca. 140 S., 8°, kart., ISBN 3-88099-602-4 DM 22.–

**Band 4: Rahel Sanzara: Das verlorene Kind.** Roman. (1926). Hrsg. und mit einem Nachwort versehen von Diana Orendi-Hinze.
450 S., 8°, kart., ISBN 3-88099-603-2 ca. DM 35.–